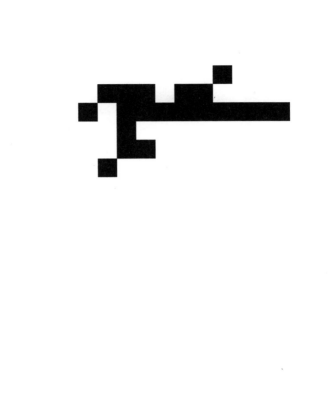

전자적 숲; 더 멀리 도망치기

이미상 임솔아 김리윤 박세미 서이제 손보미 위수정 강성은 송승언
김연수 한유주 안미린 이제니

이 책은 국립현대미술관 다원예술 2023 〈전자적 숲; 소진된 인간〉(국립현대
미술관 서울, 2023년 5월 26일~2024년 2월 25일)의 일부로 발간되었습니다.

초판 1쇄 발행	2023년 11월 25일
초판 2쇄 발행	2023년 12월 22일
발행	국립현대미술관 ㈜문학과지성사
발행인	김성희 이광호
기획	성용희 이근혜
기획보조	이새힘 방원경
편집	방원경 김필균 이주이 허단 윤소진 유하은
디자인	조슬기
마케팅	이가은 최지애 허황 남미리 맹정현
제작	국립현대미술관 ㈜문학과지성사

국립현대미술관
03062 서울시 종로구 삼청로 30(소격동 165)
02-3701-9500
www.mmca.go.kr

㈜문학과지성사
04034 서울 마포구 잔다리로7길 18 (서교동 377-20)
02-338-7224
www.moonji.com

ISBN 978 89 320 4233 6 03810

종이협찬 무림페이퍼
이 책은 저탄소제품 인증을 받은 네오스타미색 95g/m^2(탄소배출량
708kgCO$_2$eq./ton)으로 제작되었습니다.

전자적 숲 ; 더 멀리 도망치기

이미상
임솔아
김리윤
박세미
서이제
손보미
위수정
김연수 강성은
한유주 송승언
안미린
이제니

문학과지성사

차례

3부 어두운 곳에서 홀로

1부

로사르믹제

이미상

2018년 웹진 〈비유〉를 통해 작품 활동을 시작했다. 소설집 『이중 작가 초롱』이 있다. 2019·2023 젊은작가상, 문지문학상을 수상했다.

상담방랑자

과거로 거슬러 올라가는 치료를 받을 만큼 받고 나자
나 역시 반反기원주의자가 되어 마음이니 상처니
트라우마니 하는 것에 대해 입도 뻥긋하기 싫어졌다.
그렇게 명상으로 옮기게 되었는데, 50분 동안 자기
얘기를 떠드는 대신 촛불을 하염없이 보거나 건포도
한 알의 주름을 혀로 샅샅이 핥게 되었다는 얘기다.
　　분명 경박한 입장일 테지만 어떤 이들은
'고백하기'에 지쳐서 상담에서 명상으로 전향한다.
처음에는 기적 같았던 자기 고백도 어느덧 지겨워지고
더는 아무 말도 하고 싶지 않은 때가 온다. 그럼에도
상담이 어찌나 우리를 자기 고백이라는 형식에 잘
길들여놓았는지 한동안은 내면을 짜내려고 노력한다.
그러다 마침내 말이 쏟아지던 포대의 구멍을 봉하는
데 성공하면 상담 시간에 지각하기 시작하고
무단결석을 일삼다가 상담자의 연락을 씹고 잠수를

탄 뒤 정신 건강의 거처를 명상으로 옮긴다. 침묵과 졸음과 졸음을 쫓기 위해 인중에 찍는 손톱자국의 세계로 넘어가는 것이다.

이제 나는 상담도 명상도 하지 않는다. 그러나 여전히 그것들의 영향에 시달리고 있다. 가히 심리학이 남긴 '증상'이라고 해도 좋을 것이다.

고백

내가 애초에 왜 상담을 받기로 했는지에 대한 고백에서부터 시작하는 것이 좋을 것 같다. 그래야 불필요한 기대를 줄일 수 있을 테니까. 비둘기 때문이었다. 나 혼자 사는 낡은 빌라 지붕 처마에서 찍찍 소리가 들리기 시작했다. 처음에는 쥐인 줄 알았다. 그러나 창문을 타고 흘러내린 비둘기 똥이 두꺼워지는 것을 보고 비둘기가 처마 틈에 둥지를 틀고 알을 낳았다는 것을 알았다. 가스관에 갈색의 배설물이 쌓이고 에어컨 실외기에 앉아 가슴을 부풀리는 새도 늘어난 듯했다.

이미상

비둘기가 처마 밑과 창문 박스―벽에 네모 박스를
붙인 듯 창문이 툭 튀어나와 있었다―사이에 난
틈에 새끼를 낳으면서, 나에게는 남의 집 지붕을
유심히 보는 습관이 생겼다. 약속이 생기면 구옥이
내려다보이는 높은 층의 카페를 일부러 찾아가 친구의
말은 듣는 둥 마는 둥 하며 아래 깔린 낡은 집들의
무너진 지붕을 구경했다. 고양이가 지붕을 타고
돌아다녀 그런가 의외로 구옥의 지붕에는 비둘기
똥이 보이지 않았다. 지붕은 모두 기와일 것이라고
막연히 생각했는데 아스팔트 너와, 샌드위치 패널,
나무 합판 등 지붕 자재는 다양했다. 그러나 세월이
흘러 자재의 수명이 다한 데다가 기후 위기로 여름뿐
아니라 가을과 겨울에도 비가 심하게 내리면서 낡은
집들의 지붕이 무너지고 있었다. 나는 우리 집 지붕도
그러리라고 생각했다. 상하고 썩고 구멍 났으리라.
그래도 우리 집에서 알을 깐 비둘기가 균형 감각이
조금만 더 발달했더라면 내 정신 상태가 그렇게까지
흔들리지는 않았을 것이다. 아기 새에게 먹이를
주려고 쉴 새 없이 날아오는 어미 새는 무엇이
문제인지 착륙을 잘하지 못했다. 창틀에 세게

상담방랑자

부딪히고는 추락하지 않으려는 듯 날개를 퍼덕였다.
유리창에 회색 날개가 필사적으로 달라붙으며
철썩철썩하는 소리를 냈다. 나는 고개를 돌리지
않으려고 했지만 어느새 새의 격렬한 날갯짓을 보고
있었다. 새는 유리창을 뚫고 나를 향해 곧장 날아올 것
같았다. 그것이 어떤 연상 작용을 일으켰다.
어느 순간부터 집 안에 있을 때도 기생충이
우글거리는 날개가 내 몸을 철썩철썩 치는 것 같았다.
한번 떠오른 장면은 쉽사리 사라지지 않았다. 누가
따라다니며 머리 위에서 지렁이 미끼통을 붓는 것처럼
온몸이 가렵고 잠이 오지 않았으며 육신을 넘어 온
집이 오염되었다고 느꼈다. 때로 불안을 참을 수가
없어서 새시 아래 차가운 벽에 배를 대고 몸을 깊이
숙여 실외기를 내려다보았다. 흰색과 갈색의 배설물이
뒤엉켜 있었다. 배설물을 찍어 먹어야 한다는 생각이
들었다. 그것만이 괴로움에서 벗어나게 해줄 유일한
구원책처럼 느껴졌다. 새 한 마리가 날아들어 내
얼굴을 치고 실외기에 앉더니 몸을 부풀렸다. 밑을
보니 실외기 옆 좁은 공간에 또 다른 둥지가 보였다.
꿈속에서 나는 둥지에 끓는 물을 부으려다가 소매를

이미상

걷어 손을 집어넣었다.

"뭐가 나왔어요?" 두번째 상담자가 물었고 "느낌이 어땠어요?" 네번째 상담자가 물었다. 그들은 내가 갈아치운 다섯 명의 상담자 중 두 명이었다. 만일 전국 심리상담 경연 대회가 열린다면 둘 중에 누가 더 질문 분야에서 좋은 점수를 받을지 모르겠다.

저항

나는 k 선생을 만나기 전까지 다섯 명의 심리상담자를 갈아치웠다. 다섯 사람 모두 초보 상담자였는데 그들의 인상은 다음과 같았다; 착하지만 말이 길다.

초보 5인방에게는 빙빙 돌려 말하는 습관이 있었다. 머리에 떠오른 그대로를 말하면 내가 상처를 받을까 봐 지레 겁을 먹어 그러는 것 같았다. 그들은 좋은 것은 좋다고 말하지만 안 좋은 것은 다소 아쉽다고 말했다. "당신의 장점과 '다소 아쉬운' 점은 무엇인가요?" "어릴 적 부모님에 대해 좋았던 기억과 '다소 아쉬웠던' 기억은 무엇인가요?" 하는 식이었다.

그들은 '다소'나 '다만' 같은, 소소해 보이지만 말의 뉘앙스를 뒤틀어버리는 부사로 나의 흠결을 한 단계 낮춰주려 했는데 거기에는 좋은 점과 다소 아쉬운 점이 있었다.

기분이 좋은 날에는 초보 5인방의 섬세한 배려에 신선한 감동을 받았지만 컨디션이 나쁜 날에는 그들이 내담자가 아니라 자기 자신을 위해 말이라는 끌로 우리의 불행을 깎는다고 느꼈다. 상담자 자신이 우리의 상황을 감당하지 못해 '다만'이나 '다소' 같은 완화제로 현실을 사포질해 소화 가능한 수준으로 만들려는 게 아닐까. 나는 상담자가 사려 깊은 조심성을 발휘해 불행을 깎아주려 할 때마다 이렇게 말하고 싶었다. '그냥 단점을 단점이라고 말해요.' 그러나 막상 대놓고 당신은 대체 뭐가 문제냐고 물으면 기분이 상할 것이었다.

그것 말고도 내가 초보 5인방에게 품은 불만은 많았다. 초보 5인방 중 세 명은 심각한 'I'였다. 심리검사를 받는다면 내향성에서 만점을 받을 그들은 나와 얼굴을 마주하기가 부끄러운지 상담 시간 내내 클립보드를 향해 고개를 숙이고 내가 하는 말만

이미상

맹렬히 받아 적었다. 내가 주로 보는 것은 그들의 얼굴이 아니라 머리 가마였다. 그러니 길에서 그들을 마주친대도 알아보지 못할 것이고, 얼굴 대신 머리를 들이밀며 가르마를 갈라 머리 가마를 보여줘야 '아, 아무개 선생님!' 하고 알아볼 터였다. 그런데도 그들은 클립보드에 꽉 물린 상담 기록지에 이렇게 썼다. Eye Contact ×. 내가 자기 눈을 못 본다는 뜻이었다. 자기가 내 눈을 못 보는 거면서. 나는 상담자들이 자신의 문제를 나에게 덤터기 씌운다고 느꼈고 그럴 때마다 화가 나 얼굴이 벌게졌다.

그렇다고 내가 상담 내내 답답해하고 화만 낸 것은 아니었다. 설렘도 느꼈는데 특히 첫 시간에 상담을 받게 된 계기로 '비둘기 이야기'를 꺼낼 때는 상담실 바닥에 덫을 설치하는 기분이었다. 상담자들은 내가 놓은 덫에 걸려 모두 넘어질 것이었다. 내가 생각하기에 상담자란 족속은 마법사가 모자에서 비둘기를 꺼내듯 비둘기에서 부모를 꺼낼 것이 분명했으므로. 그들은 기생충이 득실대는 비둘기 날개가 몸을 철썩철썩 때리는 상상의 기원을 찾아 태내胎內까지 거슬러 올라갈

상담방랑자

것이었다. 실제로 두 명은 그랬다. 그러나 나머지는
부비트랩을 피하듯 얄미울 만큼 부모에 대해 묻지
않았다. 소문과 달리 심리학에서 부모는 부적절하고
무엇보다 촌스러운 주제가 된 듯했다.

부모에 대해 묻지 않은 세 상담자는 오로지 나의
현실감각만을 깨우려 하였다. 꼬마 한스에게서도
부친 살해와 모친 욕망이라는 창조적인 망상을
끌어내지 못하고 오로지 말horse에 대해서만 물을
그들은, 나에게도 비둘기에 대해서만 물을 뿐 비둘기
뒤에 어른거릴 더 깊고 장대한 '무엇'에 대해서는
궁금해하지 않았다. 그들은 평온한 얼굴로 게임을
하는 것 같았다. 누가 더 오래 표피에 머무르나, 누가
더 완강히 피상적인가, 내기를 거는 것 같았다.

"수세미를 얼마 만에 한 번씩 가시나요?"
"몰라요." "한 달에 한 번?" "몰라요." "그럼 석 달에
한 번 가신다고 치고요, 수세미를 한 달 넘게 쓰면
세균이 번식한다는 것을 알고 계시지요? 석 달
쓴 수세미가 위생의 측면에서 10점의 위험이라면
비둘기는 몇 점일까요? 제가 답을 유도한다고
생각하지 마시고 한번 현실적으로 평가해보세요."

이미상

한 시간 가까이 이런 말을 주고받으면 시간과 돈이
아깝다는 생각이 든다.

　　그런가 하면 셔츠 단추를 목까지 채운 두
사람은 학부모를 호출하는 담임선생님처럼 나에게
부모님(에 얽힌 사연)을 모셔 오라고 끈질기게
재촉했다. 그들은 내가 상담자에게 가진 선입견
그대로 매니큐어를 보아도 부모로 돌진하고 형광등을
보아도 유년기로 돌진할 꽁 막힌 답답이들이었다.
그래도 나는 그 충직한 상담자들이 우리의 고통
뒤에 아무런 역사가 없다는 듯 구는 냉랭한
이들보다는 솔직하다고 생각했다. 그럼에도 두
사람에게 지금이 어느 시대인데 부모 운운하느냐고
가짜 성질을 부렸다. 그러자 한 명이 다 죽어가는
목소리로 "죄송해요"라고 사과하고는 눈치를 살피며
"모부,라고 해야 할까요?"라고 물었다. 초보 5인방은
모두 착했고 하나같이 마음에 들지 않았다.

　　"근데, 왜 그러세요?"

　　세번째 상담자인지 다섯번째 상담자인지 어쨌든
5인 중에 한 명이 내가 상담을 관두겠다고 하자
솔직하게 말했다. "저도 너무 힘들었어요. 저에게

너무 자신을 안 보여주셨어요. 상담은 자기를 많이
드러낼수록 가져가는 게 많아요. 아마 제가 부족해서
저에게만 자기 개방을 안 하신 걸 테지만, 다음에는
용기를 내서 자기를 많이 꺼내보세요. 솔직히 저는
아직도 당신이 어떤 사람인지 모르겠어요."

"뭐라고."

"네?"

"뭐라고 말해야 할지 모르겠는데……" 나는
혼잣말 투로 말했다. 말투는 내 안으로 돌아
들어가지만 메시지는 밖으로 향하는—두번째
상담자였다면 '수동공격적'이라고 할 법한—
화법이었다.

"그래요. 그런데 이런 경우를 상상해보세요. 어떤
사람에 대해 정말 알고 싶은데 그 사람이 하는 일도
모르고 하루 종일 어떻게 사는지도 모르고 어떻게
키워졌는지도 모르고 어떻게 학교생활을 했는지도
모르고 친구가 있는지 없는지도 모르고 좋아하는 게
뭔지 싫어하는 게 뭔지도 모르면……"

"모르면요."

"우리가 그 사람을 어떻게 알 수 있겠어요. 아니

　　　　　　　　　　　　　　　　　이미상

꼭 이런 식으로 알아야 하는 건 아니지만 이런 식이
아니면 또 어떻게 사람을 알겠어요. 저는 힘들었어요.
저 모든 것을 제하고 당신을 알아가는 게. 끝까지
방법을 못 찾았네요. 오랫동안 우리가 한 작업에 대해
생각해보겠습니다. 감사했습니다. 그리고 만약에
상담을 계속하실 생각이시면 소개할 분이 있어요.
k 선생님이라고 좋은 분이세요. 한번 고려해보세요."

　　나는 k 선생의 연락처를 받아 들고 다섯번째
상담자를 떠나 거리로 나왔다. 생각해보니 세번째
상담자가 아니라 다섯번째 상담자였고 이름은
김현숙이었다. 김현숙은 중앙대학교 심리학과를
졸업했다. 얼굴에 주근깨와 기미가 각각 세력
확장을 꾀하며 포진해 있고, '푸른숲 상담 센터'에서
상담자로 일하고, 쉬는 시간에 웃으며 통화할 친구가
있고, 퇴근 뒤에는 취미 발레를 하고—옷걸이에
토슈즈가 걸려 있었다, '한번 생각해보아요'라는 말을
자주 쓰고, 언젠가 내가 장난삼아 약속되지 않은
시간에 나타났을 때 컵라면을 먹다가 깜짝 놀랐지만
곧 침착해져 "시간을 착각하셨나 보네요"라고
말하곤 책상 위에 펼쳐둔 자료를 뒤집었다. 김현숙은

내담자의 개인 신상 정보가 노출되지 않도록
노력하는 상담자였다.

나는 다섯번째 상담자에게 김현숙이라는 이름과
기미 핀 얼굴과 '컵라면 사건' 같은 에피소드를
부여했다. 그리고 마음에서 어떤 차이가 느껴지는지
기다렸지만 잘 모르겠는 느낌이었다.

밖에서 무언가가 작게 부딪치는 소리가 들렸다.
창문을 열어보니 빨간 생살을 지푸라기로 대충
가려놓은 듯한 아기 새가 꼬물대고 있었다. 나는
k 선생의 상담소에 예약 전화를 걸었다.

수용

k, 그러니까 고동소 선생의 상담소 직원으로부터
상담 예약이 내년까지 밀려 있다는 말을 들었다.
전화를 끊으려는데 직원이 나에게 어느 상담소에서
일하는지 물었다. 몇 차례 말이 오간 뒤 내가 상담
업계 종사자가 아니라는 사실을 알게 된 직원이 바로
다음 주로 상담 예약을 잡아주었다.

이미상

고동소 상담소 직원의 이름은 최미숙으로,
오십대이며 '폭탄머리'를 하고 청바지를 입었다. 그는
전성기 시절의 외모와 착장을 고수하는 사람이었다.
그러나 한 성질 하던 젊은 시절의 혈기는 기분 좋은
활달함으로 가라앉은 듯했다.

　　"선생님이 일반인 내담자를 선호하세요." 내가
특혜를 입은 까닭을 묻자 최미숙은 말했다. "저희
상담소에 오시는 분들은 대부분 본인이 상담자예요.
저희 선생님이 대학에서 상담을 오랫동안 가르치셔서
제자나 후배 상담자들이 많이 와요. 그런데 그렇게
비슷비슷한 사람끼리 모여 지내는 걸 좋아하지
않으세요. 우물 안의 개구리가 된다고. 그래서
심리학의 심 자, 상담의 상 자도 모르는 분이 오면
무조건 일순위로 올리라고 하세요. 선생님 자신의
성장을 위해서 그러는 거니까 편한 마음으로 오세요."

　　처음 상담을 받고 나는 사태를 파악했다. 다들
알고 있던 것이다. 고동소 선생이 인지증認知症을
앓는다는 소문이 업계에 돌아 모든 대기자가 상담을
취소했는데, 나만 그걸 모르고 치매 노인에게
상담을 받으러 온 것이었다. 그게 아니라면 고동소

선생의 상담 스타일을 어떻게 설명해야 할까. 나에게
인지증이라는 용어를 알려준 사람은 세번째 상담자인
구즈먼으로, 그는 손가락으로 책상에 어리석을
痴癡와 어리석을 매呆를 적고는 세상에 어리석음을
한 번도 아니고 두 번이나 병 이름에 붙이는 경우가
어디에 있느냐며 치매가 아니라 인지증이라고 불러야
한다며 분통을 터뜨렸다. 구즈먼은 필리핀인으로
대학의 학생 생활 상담소에서 필리핀 유학생을
상담했다. 한국어가 능통했음에도 상담소에서는
그에게 한국인 케이스를 주지 않았다. 그래서 시간을
따로 내어 나처럼 저렴한 비용으로 상담을 받으려는
사람을 모집해 실습을 했다. 그는 퀭하고 지적인 눈을
가졌으며 화려한 문양의 작은 칼로 편지 봉투를 뜯는
습관이 있었다.

고동소 선생—목이 두꺼워 원통으로 보이는
좁고 긴 얼굴—은 말수가 적었다. 상담을 시작하며
한 마디("한 주 동안 어떻게 지내셨어요?), 마치며
한 마디("다음 주에 봅시다") 하고 마는 날이
대부분이었다. 선생은 나에게서 애써 고백을
이끌어내지 않았고 나도 별로 할 말이 없어 우리는

22   이미상

주로 침묵했다. 조용한 상담 시간을 메우는 것은 창문 블라인드 사이로 비치는 오후의 황금빛과 그 빛을 빚어 만든 것 같은 세이코 황동 시계와 식곤증과 맹한 눈과 하품을 숨기려고 인중을 잡아당기며 하는 '코' 하품이었다. 고동소 선생은 흐리멍덩한 눈으로 나를 멍하니 보거나 아예 눈을 감고 손끝을 모으고 가만히 있었다. 그것은 때로 경청과 숙고의 표식이었으나 더 많은 경우 머리가 뚝 떨어짐으로써 졸고 있었음이 밝혀졌다. 내가 고동소 선생의 흐리멍덩한 눈이 인지증이 아니라 위대한 전문성의 증거라는 사실을 깨달은 것은 시간이 꽤 흐른 후였다.

돌이켜보면 첫번째 상담자인 조수초는 눈이 유난히 밝았다. 짧은 경력 탓에 내담자에게 무시를 당할까 봐 눈에 일부러 힘을 주는 면이 없지 않았지만 그보다는 상대를 이해하고 싶은 강한 열망이 눈에 불을 밝혔다. 그는 자신의 열의에 찬 눈이 상대를 주눅 들게 한다는 것을 알지 못했다. 그와 대조적으로 고동소 선생의 눈은 정교하게 흐리멍덩했다. 느슨히 깍지 낀 손, 입가에 묻은 점심 식사의 흔적, 셔츠를 물들인 커피 자국, 몰래 하는 '코' 하품. 깔볼 여지를

주는 그런 허술함이 나를 비롯해 많은 이의 마음을
열었다.

고동소 선생은 오랜 훈련 끝에 안광 조절법을
익혔으리라. 섬세한 조도 조절 장치를 단 조명처럼
그의 눈은 완벽하게 적당히 흐렸다. 네가 어떤
인간인지 나는 알아, 또는 네가 어떤 인간인지 나에게
알려줘, 하는 식의 부담스러운 광선을 결코 쏘지
않았다. 선생의 적당히 흐린 안광 속에서 나는 더없이
편안했다. 선생의 꿈은 스쿼시 코트의 벽이 되는
것이었다. 자신은 벽이 되고 상대는 공이 되어 질문과
맞장구가 없는 고요한 방에서 병이 나은 줄도 모르게
낫게 하는 것이 그의 꿈이었다.

"실크 리본." 상담 철학에 대해 묻는 질문에
고동소 선생은 말했다. "병은 묶으려고 해도 자꾸
풀리는 부드러운 실크 리본같이 낫는 게 좋지요.
자신이 왜 좋아졌는지는 모르겠는데 좋아지는
자연스러운 흐름." 그는 늙은 상담자이기에 신식
상담 기술에 아둔했는지도 몰랐다. 유행하는 심리적
서사—당신은 이러하고, 이렇게 해야 하고, 그렇게 안
하면 이렇게 된다, 하는 식의 분석과 예언과 경고—를

이미상

설파하고 싶어도 하지 못했을지 몰랐다. 나는 느리고
시대착오적인 선생이 편했다. 나는 그라는 벽에
무엇이든 던질 수 있었다. 저항은 무의미했다. 나는
그의 방식을 힘껏 껴안았다. 그리하여 내가 라켓을
힘껏 휘둘러 고동소라는 벽에 무엇을 던졌느냐
하면……

확장

"다른 데 가보는 것이 어떻겠소?" 고동소 선생이
지우개 가루를 모으며 말했다. "명상이라거나."
그러고는 브로슈어를 건넸다.

표지 사진은 건포도였다. 납작한 실험용
페트리접시에 건포도 한 알이 놓여 있었다. 다음 장을
넘기자 "MBSR(Mindfulness-Based Stress Reduction:
마음 챙김에 근거한 스트레스 완화 프로그램)"이라는
제목과 함께 간단한 프로그램 설명이 나왔다—마음
챙김이란 알아차림이며, '지금, 여기'로 주의를
가져오는 것입니다.

"왜요, 제가 말을 너무 많이 해서요?"

"나도 자네랑 계속 상담하면 좋지요. 내가
자네에게 배우는 게 참 많아요. 그런데 가끔은 경험을
숨아내야 해요. 스스로 못 하겠으면 옆에서 밀어줘야
하고, 익숙한 곳에서 새로운 곳으로 보내줘야 합니다."
갑자기 강한 빛이 들어왔다. 고동소 선생이 자리에서
벗어나 블라인드를 올리고 있었다. 블라인드 끈을
잡은 손이 습자지처럼 얇았고 툭 튀어나온 푸른색
혈관은 주삿바늘이 꽂히기만을 기다리는 것 같았다.
"말을 너무 많이 했다니요. 상담은 자기를 많이
내보일수록 남는 장사예요."

나는 나를 버리려는 고동소 선생이 무섭고
잔인하다고 느껴졌다. 덫에 걸린 기분이었다.

늙은 상담자는 간악한 무심함으로 우리의 비밀을
채 가며 동시에 우리를 일깨운다. 자신의 것임에도
사람이 자신의 인생을 이해하는 방식은 끔찍하리만큼
창의적이지 못하다는 것. 그러니까 만일 누가 당신의
인생을 유전자와 유년기로만 설명하고 고통의
기원으로 부모를 지목한다면 그 뻔뻔하리만큼
상투적인 줄거리에 당신은 분노하겠지만 마이크를

이미상

돌려 '그럼 너는? 너는 네가 왜 그렇게 된 것 같은데?'
하고 묻는다고 더 나은 답을 하는 것도 아니다. 나의
인생을 함부로 재단하지 말라고 하지만 자신 역시
자기 인생을 함부로 재단한다. 남들과 다를 바 없는
방식으로. 우리는 틀 지어진 줄거리에 매여 있다.
그리고 어느 순간 삶의 고통을 과거 말고 다른 것으로
설명할 방도를 도저히 못 찾겠는 꽉 막힌 벽을 만나면
그동안 버텼기 때문에, 유년기의 영향을 하찮게
여겼기 때문에 더욱 크게 무너진다. 그렇게 한없이
유순해진 채 상담자에게 투항해 속 편히 과거를
돌아보게 되는 것이다. "우리 어머니는 장점이라고는
아예 없는 인간이었죠" 해가며.

　　나는 라켓을 휘둘러 공을 던졌다. 그 공은 부모
이야기라는 빠져나갈 수 없는 덫이었다. 나는 그것이
고통과 완벽한 짝을 이루는 진실은 아닐지라도
진실에 가장 가깝다는 것을 인정할 수밖에 없었다.

　　상담을 마치고 나오니 최미숙은 통화 중이었다.
"다음 주부터 시작하실 수 있으세요?" 대기 순번이 한
칸 앞당겨지는 소리가 들렸다.

고백

마음 챙김 수련. 외우지 못했던 긴 영어 이름—
Mindfulness-Based Stress Reduction—은 그렇게
정리되었다. 나는 '수련' 부분이 마음에 들었다.
신분이 격상된 것 같았다.

수련자들은 건물 3층에 위치한 수련장에서 호흡
명상과 먹기 명상과 걷기 명상을 배웠다. 방석에
앉아 숨을 깊이 내쉬며 코안 점막이 말라가는 감각을
느꼈고, 건포도 주름의 딱딱한 협곡을 핥았으며,
발바닥이 바닥에 닿는 감촉과 발 아치와 바닥 사이의
화해 불가능한 간격을 실감했다. "다만 감각할
뿐입니다. 다만 바라볼 뿐입니다. 주의가 다른 곳으로
이동하면 그쪽으로 갔다가 다시 오시면 됩니다." 얼굴
옆을 스치는 지도자의 펄럭이는 바짓단이 느껴졌다.

그러나 나는 시시각각 산만했다. 그래서
부적으로 삼을 만한 이미지를 만들어 'E.T.의
손끝'이라고 불렀다. 생각이 갈래갈래 찢어져
명상에 집중하지 못하면 나는 'E.T.의 손끝'에서
작게 반짝이는 빛을 떠올렸다. 그 빛을 다시 건포도

주름과 코 점막에 올려두었다. 그리고 그 빛을 따라, 정신을 모았다. 'E.T.의 손끝'은 제법 효과가 있어 f가 발바닥을 비비기 전까지는 명상에 꽤 깊이 들어갈 수 있었다. f의 닉네임은 스페인어로 안녕이라는 뜻의 올라hola였지만, 나는 foot의 앞 자를 따 속으로 f라고 불렀다.

f는 발을 가만히 두지 못하는 사람이었다. 명상을 시작해 가부좌를 틀 때부터 자기 발에 지대한 관심을 보였다. 껌이 붙은 것처럼 다리를 포갠 자세에서 고개를 숙여 한참 동안 자기 발을 들여다보았다. 그러다 깜빡 잊었다는 듯 가부좌를 풀고 양발을 모아 샥샥 비볐다. 수련하는 내내 그 짓을 반복했다. 발을 보고 비비고. 발을 보고 비비고. 나는 미칠 것 같았다.

나의 그런 기색을 알아차렸는지 지도자는 내 옆을 유달리 자주 지나가며 말했다. "녹음기가 되십시오." 샥샥. "녹음기는 소리를 가리지 않습니다." 샥샥. "들리는 소리를 그저 받을 뿐입니다." 샥샥. "관념과 감정을 떼어내십시오." 샥샥. "소리를 그냥 소리로 들으십시오." 샥샥.

나는 지도자의 인도대로 소니 디지털 보이스

상담방랑자

리코더 ICD-TX660이 되려 했지만 잘 되지 않았다. 우리는 우리 안에 있는 사랑의 에너지를 확장시켜 우주 끝까지 보내는 자애 명상이라는 것도 하였는데, 나는 히틀러까지도 용서할 법한 커다란 사랑을 세상 만물을 향해 뻗치고 싶었지만 중간에 한번 안아주고 가야 할 f를 용서할 수 없었다.

수련이 끝나고 f는 지도자에게 '부정적인 피드백'을 받았다. 발을 비벼서가 아니었다. 수련이 끝나고 짧게 소감을 말하는 자리에서 f는 길게 사연을 늘어놓았다. 지도자가 여러 차례 중지 신호를 보냈지만 f는 아랑곳하지 않고 자기 가족에 얽힌 사연을 늘어놓았다. 지도자가 말했다.

"저는 올라 님의 과거가 아닌 현재와 만나고 싶습니다. 일단 말을 멈추십시오. 그리고 지금 자신에게 무엇이 오는지 알아차려보십시오."

"선생님, 이것이 현재입니다. 지금입니다. 결혼한 지 13년이 지나고도 변치 않는 그 인간의 습관이 지금도, 지금껏……"

"아니요. 그건 현재가 아닙니다. 히어 앤드 나우here and now가 아닙니다. 일단 눈을 감으세요.

이미상

말을 그치세요. 몸의 감각을 느껴보세요. 당신은
당신에게 팔이 있다는 것을 어떻게 아십니까? 당신은
당신에게 발뒤꿈치가 있다는 것을 어떻게 아십니까?"

"오늘 아침이에요, 오늘 아침. 그 인간이 또……"

지도자는 흐름을 돌리려 노력했다. 몸의 감각에
집중하도록 유도했다. 그런데도 f가 말을 멈추지
않자 결국 지도자가 "일저얼" 하고 외쳤다. 그것은
'옴' 소리와 비슷했다. 에너지의 저장고인 단전에서
길어 올린 길고 깊은 음성. 지도자는 위트가 있었다.
명상에서 고백은 해서는 안 될 행동이었다.

저항

"절에 그렇게 오래 계셨다는 분이!"

f가 젓가락으로 파전을 찢으며 분통을 터뜨렸다.
수련자들은 수련이 끝나고 1층에 있는 코다리
전문점으로 내려왔다. 모든 수련자가 뒤풀이에
참여한 것은 아니었다. 팔을 가구 모서리에 부딪쳤을
때 지방의 보호를 거의 받지 못하고 충격이 고스란히

뼈에 전달될 것 같은 마른 사람들, 요가와 명상과
금욕에 단련된 진지한 수련자들은 뒤풀이에 끼지
않고 집으로 돌아갔다.

　맵고 쫄깃한 반건조 생선의 살점을 떼어
시래기에 감아 먹으니 살 것 같았다. 나는 반나절
가까이 굶은 상태였다. 명상하는 동안 방귀가
나올까 봐 점심을 굶었다. 다들 비슷한 형편인 듯
허겁지겁 먹었다. 코다리찜을 건포도처럼 음미하며
먹는 사람은 없었다. 방금 전, 두 층 위에서 효력을
발휘했던 명상이라는 마법은 이미 사라지고 없었다.

　"어떻게 '일절' 운운할 수 있죠? 사람이
말하는데. 여기가 노래방도 아니고. 절에 그렇게 오래
계셨다는 분이!"

　가게 사장은 우리의 모습에 익숙한 듯했다.
3층에서는 조용하던 사람들이 1층에 와서는
참아왔던 말을 쏟아냈다.

　1절만 하라는 것이었다. 지도자가 단전에서
끌어올려 "일저얼" 하고 외친 것의 의미는. 2절, 3절,
진도 나가지 말고. '지금, 여기'에서 멀어져 괴로운
과거로 회귀하거나 불안한 미래로 앞질러 가지 말고.

　　　　　　　　　　　　　　　　　　　　이미상

일찍이 지도자는 f에게 현재에 머무르기를 간곡히
요청했지만 f가 말을 듣지 않자 충격 요법으로
"일저얼" 하고 외친 것이었다.

"그런데 님이 길게 얘기하기는 했어요." f의
건너편에 앉은 사람이 말했다. "우리도 다 말하고
싶죠. 상담받은 가락이 있는데. 입 풀고 싶어 죽죠.
근데 여기는 안 받아줘요. 길게 말하면 혼나요.
왜냐하면 말이 길어지면 이것저것 엮게 되니까. 그게
님에게 안 좋다는 거예요."

나는 고동소 선생과의 상담을 떠올렸다. 중학교
시절에 당했던 괴롭힘을 털어놓다가 귀한 연결
고리를 발견했다. 화장실에서 손을 닦고 있으면
나를 괴롭히던 아이들이 실내화 위에 축축한
대걸레를 올려놓았다. 그 뒤로 1년 정도 청결에 대한
강박관념이 있었다. 그것이 비둘기 상황과 맞물려
재발한 게 아닐까? "그것은 그것대로." 고동소 선생은
말했다. "이것은 이것대로. 모두 괴로운 일이지요.
엮지 않아도."

"자기야!" f의 맞은편에 앉은 사람이 나를
불렀다. 지금은 얼굴과 이름이 기억나지 않는 그가

상담방랑자

말했다. "자기가 막내니까 알람 좀 맞춰주련?"

수용

우리는 10분 간격으로 핸드폰 알람을 맞췄다. 알람이
울리면 하던 일을 멈추고 눈을 감고 명상을 하기로
했다. 그렇게라도 곤두박질친 3층의 마법을 지키려고
했다. 우리는 술을 마셨고 거리낌 없이 과거와 상처에
대해 말했고 소소한 생활 정보를 나누었고 그러다
알람이 울리면 눈을 감고 각자 어딘가로 갔다. 가끔은
내면의 아주 고요한 스페이스 안으로 들어갔다.
우리는 취할수록 본색이 드러나 서로에게 '여기
왜 왔느냐'고 물었다. 그것은 상처의 역사를 묻는
우리만의 대사였다. 발을 비비던 사람도 그를 달래던
사람도 어느덧 울고 있었다. 우리의 밤은 뒤풀이가
아니었다. 이것 역시 치료였다. 1부에서는 지도자가
있었고 고요했다. 2부에서는 우리끼리였고 감정이
폭발했다.

　　"나아는 개똥벌레. 친구우가 없네~"

노래를 불렀고,

"에크하르트 톨레, 관상이 많이 아쉽죠. 카밧진 얼굴 봤어요? 완전 리처드 기어예요. 긴 얼굴에 섹시한 서양인 불자 관상!"

명상계의 별들을 지상으로 추락시켰으며,

알람이 울리면 발바닥을 쏘는 전류에 쓰러지는 실험 쥐들처럼 깜짝 놀라 눈을 감았다. 'E.T.의 손끝'이 내장을 훑었고 자애가 세상을 터뜨렸으며 가끔 운이 좋으면 목욕탕 천장에 돋은 종유석 같은 물방울이 이마에 똑 떨어질 때처럼 정신이 아주 맑고 마음이 무겁게 차분해지는 순간을 맞이했다. 그리고 귓가에 맴돌던 알람 소리의 잔음이 사라질 즈음 다시 노래를 부르고 부모를 흉보고 자식을 들었다 놓고 자기 자신을 욕보였다. "그래도 톨레, 귀네스 펠트로랑 절친이래요. 2백만 구독자를 가진 유튜버고요!" 누군가 앞사람의 팔을 뒤집으며 말했다. "자해하세요?" "아니요, 아까 너무 졸려서 손톱으로 긁은 거예요."

명상하는 우리가 잠을 쫓기 위해 우리 몸에 했던 짓들. 허벅지 꼬집기, 입안 씹기, 거스러미 뜯기.

　　　　　　　　　　　상담방랑자

우리는 서로서로 멍 자국을 들이대며 한바탕 웃었고
그러다 다시 알람이 울려야 했지만 울리지 않았다.
왜냐하면 나는 '환자'와 식당을 빠져나와 강 위를
걷고 있었기 때문이다.

확장

'환자'—자신이 직접 붙인 닉네임이었다—와 나는
뒤풀이에서 빠져나와 '환자'의 집으로 가고 있었다.
그는 매우 말랐고 얼굴이 부었고 들떠 있었다.

　　대교 위는 시끄러워 대화를 나누기가 어려웠다.
다리 아래로 강물이 흐르겠지만 겉보기에는 그렇지
않았다. 조명의 빛이 닿지 않는 강은 검은 젤리처럼
굳어 있었다. 이따금 대교의 제왕인 양 자전거 떼가
날카로운 빛을 뿜으며 우리 사이를 갈랐다.

　　"무슨 병이라고요?"

　　"말 안 해요."

　　"프라이버시니까?"

　　"그건 아니고요. 말해봐야 어차피 못 알아 들어서

다시 물어볼 거라 싫어요."

'환자'는 정신이 아니라 육체에 병이 있었다. 우울증과 불면증은 몸이 아프고 나서 생겼다. 공황장애도 마찬가지였다. 그것들은 병이 아니라 반응이었다. 닉네임을 '환자'로 지은 까닭은 자신이 아프다고 밝히는 순간 누구나 자신을 아픈 사람으로만 보기 때문에 스스로 환자라고 칭하는 선수라도 쳐야 화가 덜 난다고 했다. 그의 병명은 길고 낯설어 누구든 한 번 묻고 검색하기 위해 다시 묻고 그러고도 검색어를 잘못 입력해 다시 물었다.

그날 우리는 상담의 금기를 깰 예정이었다. 다른 상담자들과 달리 명상 지도자는 수련 기간 중에 참가자들끼리 성관계를 맺지 말라고 하지 않았는데, 허용해서가 아니라 당연해서 말하지 않은 것이었다. 그러나 우리의 동행에 성적인 암시가 있다는 것을 그도 알고 나도 알았다. 우리가 고민한 것은 행선지였다. 나는 비둘기 때문에 집에 들어가기 싫었다. '환자'도 자기 집이 싫다고 했다. 그래도 그의 집에 가기로 했다.

"세종대왕의 측우기."

'환자'가 거실 복판에 놓인 양동이를 가리키며
말했다.

"긍정 심리학의 산물이랍니다."

내 집에는 비둘기가 날아오고, 그의 집엔 물이
샜다. 기후 위기로 비가 심하게 오면서 낡은 빌라들의
지붕이 죄 맛이 갔다. 지붕을 고치기 위해 폭리를
취하지 않으면서도 기술력이 뛰어난 설비 기사를
수소문하고, 그와 약속을 잡고, 가격을 흥정하고,
AS 다짐을 받고, '정말 죄송한데요, 여기도 한번만
실리콘 쏴주시면 안 돼요?' 하고 부탁하는 일을
하기에는 우리의 정신 상태가 온전하지 않았다.
그리하여 '환자'는 더 쉬운 쪽인, 환경보다 마음을
바꾸는 쪽을 택했다. 그는 긍정 심리학의 메시지에
따라 고난을 밝게 채색하고 그것을 게임이나
도전으로 여기려고 노력했다. 하지만 천장에서
떨어지는 빗물을 받는 양동이를 '세종대왕의
측우기'라고 부르며, 비 온 다음 날, 측우기 속 누런
빗물의 높이를 재 그래프로 표시하다가 한심하게
느껴져서 그만두었다.

우리는 섹스를 하려고 했지만 때마침 울린 알람에

눈을 감고 가만히 마음을 들여다보니 둘 다 별로 하고 싶지 않다는 것을 깨닫고 관두었다. 대신 차를 마시며 우리가 만났던 상담자들에 대해 얘기했다. "고동소 선생님 알아요?" "알죠, 조시는 분."

그리고 '일반인'들에 대해 말했다. 우리가 말하는 일반인은 상담을 받지 않는 사람이었다. '환자'는 개인 상담보다 집단 상담을 좋아해서 한 집단이 끝나면 다음 집단을 시작하는 식으로 한 해를 난다고 했다. 그와 비슷한 집단 상담 마니아가 많아서 이전 집단에서 같이 울던 사람과 다음 집단에서 싸우는 일이 흔하다고 했다. '환자'는 그렇게 상담을 받는 사람들에게 둘러싸여 지내다 보니 이제 일반인은 못 만나겠다고 했다.

"나는 이제 일반인은 못 만날 것 같아요. 우리랑 그 사람들이 뭐가 제일 다르냐 하면요. 우리는 울잖아요. 처음에는 버텨도 결국에는 울잖아요. 그것에 익숙해져서 그런가 상담실 밖에서 사람을 만나면 왜 저렇게 못 우나 싶어요. 울고 싶으면서. 눈시울 붉히고 코 벌렁대며 살면서. 뭐 저리 버티나, 뭘 저리 참나, 그냥 울 거면 빨리 울지 울화통이

터져요. 아무래도 우울증이 재발한 것 같아요. 요새
나는 너무 많이 울어요. 그래서 싫어요. 안 우는
사람들이. 몰라. 나는 그냥 전 인류가 다 같이 한번
울고 다시 시작하면 좋겠어."

　　나는 '환자'의 집에서 차를 얻어 마시고 첫
지하철을 타고 집으로 돌아왔다. 새벽일을 나가는
사람들이 무너진 토사 비탈면처럼 구겨져 있었다.
마음 챙김 알람이 종종 그들을 깨웠다.

고백

나는 집으로 돌아와 거실에 누워 '환자'의 고백을
떠올렸다. 그는 이제껏 받은 상담 중에서 가장 골
때렸던 상담에 대해 말해주었다.

　　……그 긴 천은 붉은색이었고 산도産道를
상징했어요. 상담자가 다시 태어나고 싶은 사람은
손을 들라고 해서 내가 들었어요. 사람들 앞에 나설
기분이 아니었고 그럴 숫기도 없었지만 나는 정말

다시 태어나고 싶었어요.

　사람들이, 이제부터 그들을 인간 압정이라고 부를게요, 천의 양 끝에 책상다리하고 앉아 천을 눌렀어요. 그들이 두 줄로 앉아 천을 눌러 터널을 만들었어요. 새로 태어나기 위해서는 그 산도 터널을 지나야 했어요. 처음에는 웃음이 나왔지만 인간 압정들의 표정이 너무 진지해서 웃음이 쏙 들어갔어요. 천 끝에는 제가 지목한 여자가 다리를 벌리고 앉아 있었고요.

　바닥과 천 사이가 매우 좁았던 것이 기억나요. 도저히 지나갈 수가 없었어요. 온몸으로 밀어 틈을 겨우 벌리며 조금씩 앞으로 나아갔어요. 공기가 통하지 않는 두툼한 천 아래서 땀을 비 오듯 흘리며 무릎으로 기어야 했어요. 숨이 막혔고 땀에 무릎이 미끄러졌고 두 번인가 완전히 중심을 잃어 턱을 바닥에 세게 부딪히기까지 했어요. 제발 내보내달라고 울며 소리쳤지만 인간 압정들은 더욱 세게 천을 누를 뿐이었어요. 이빨로 무릎을 물어도 꿈쩍하지 않았어요.

　천의 끝에 앉아 있던 여성분에 관해 말하자면,

지도자가 참가자들 중에서 어머니와 가장 닮은
사람을 짚으라고 해서 외모만 보고 고른 것이었어요.
저는 그분을 향해 기고 또 기었어요. 위에서 응원이
쏟아졌어요. 인간 압정들이 천 밖에서 제 등을 세차게
두드리며 "너는 할 수 있어, 너는 할 수 있어" 하고
외쳤어요. 머리를 찌그러뜨리며 세상으로 나오는
태아처럼 그렇게 저는 탈진 직전에 탈출했어요.
사람들이 환호성을 지르며 몰려와 무릎을 세운
여자의 가랑이 사이에서 저를 끄집어내었어요. 인간
압정들이 인간 겸자가 되어 저를 뽑아냈어요.

천 밖으로 나와 신선한 공기를 마시던 순간,
그것은 태어나 처음으로 들이마신 공기 같았고, 저는
갓 태어난 아기처럼 울음을 터뜨리며 격렬한 충격과
환희에 휩싸여 기절하였어요. 그리고 깨어났을
때도 여전히 '엄마'에게 안겨 있었어요. 모두가 울고
있었고 땀범벅이었어요. 그 잠깐의 소小죽음을 겪고
나자 저는 완전히 새로 태어난 것 같았어요. 옛것은
하나도 남지 않고 완전히 새로워진 기분. 축축하고
쭈글쭈글해진 붉은 천 옆에서 우리는 다 함께 한참을
목 놓아 울었어요.

이미상

집에 가는데 병이 다 나았다는 확신이 들었어요.
갑자기 병이 씻은 듯 다 나은 거예요. 주치의가
병을 선고하던 순간 전으로, 병원을 찾기 전 오래
아팠지만 왜 아픈지는 몰랐던 그해의 여름으로
돌아간 거예요. 나는 행복했고 모처럼 잘 잤어요.
그리고 그랬던 것은 3일뿐이었어요. 거짓 행복이
끝난 날 나는 오래전 같은 병실을 썼던 아주 똑똑한
형을 떠올렸어요. 형은 정말 똑똑하고 냉철했는데
오래 아프게 되자 나중에는 고개를 젖히고 가짜
약봉지를 털어 넣었어요. 어떤 무당이 준, 한때 우리
병동에서 유행했던, 공기만 든 빈 약봉지였어요.
그리고 어느 날에는 몰래 병원에서 빠져나가 밤낮을
암자에서 무릎을 꿇고 탱화를 그리다 고열로 쓰러져
응급실에 실려 왔어요. 형은 재발을 선고받았던 날,
링거로 서서히 올라가는 피를 보며 팔을 내리지도
않고 조용히 말했어요. "디저트 먹을 배를 남겨놨어야
했는데. 다시 치료받을 힘을 남겨놨어야 했는데.
나는 다 썼어. 다 써버렸어. 살려준대도 다시 못 할
것 같아." 이것이 내가 받았던 가장 우스꽝스럽고 골
때린 상담 이야기.

　　　　　　　　　　　상담방랑자

'환자'와 나는 죽어라고 웃다가 죽을죄를
지었다는 것을 알고 천벌을 두려워하며 몸을 떨었다.

"그래도……"

'환자'가 스프레이 통을 내 쪽으로 굴리며
말했다.

"아프고 나서 가짜 행복으로 가득했던 그 3일
만큼 잘 잔 적이 없어요."

스프레이 통에는 '3M 다용도 방수 코팅제'라고
적혀 있었다. 나도 익히 아는 물건이었다. 지난여름,
나도 비가 새는 천장에 같은 제품을 뿌렸다.
일시적이지만, 효과가 있었다.

"명상의 효과가 얼마나 갈 것 같아요?" '환자'가
물었다. "누구나 처음 아프면 이유를 알려고 해요.
아픈 이유를 알면 병이 다 나을 것처럼. 신참
환자들은 대증요법對症療法을 우습게 알아요. 병이
잠시의 해프닝이라도 되는 듯 어깨 한번 으쓱하면
떨어낼 수 있을 줄 알죠. 하지만 결국에는 미봉책이
우리를 살게 한답니다. 고통의 주머니를 잠시
오므리는 미봉, 죽은 새 위에 얇게 덮어놓는 티슈,

딴 곳을 보는 아이의 주의를 잠깐 끌기 위한 손가락 스냅. 그 잠깐의 '눈 가리고 아웅'이 우리를 살린다는 것을 어떤 수로 설명할 수 있을까요?"

우리는 깔깔대며 비웃었던 죽게 되었다가 다시 살아난다는 뜻의 '재생' 치료가 더 이상 웃기지 않았다. 두 시간 동안 허벅지를 꼬집으며 다리를 벌리고 있던 여자와 천 아래를 기는 사람의 등을 두드리며 '할 수 있다'고 외치던 인간 압정들의 진정성을 촌스러운 것으로 치부할 수는 없었다.

그렇다면 이것은 어떤가. 우리가 우리의 인생 이야기에 빗금을 긋는 일은. 학창 시절에 영어 선생님이 영어 문장을 이해하기 쉽도록 끊어 읽으라고 가르쳤던 것처럼 우리의 인생을 어떤 구조에 가두는 일은. 배를 가르면 죽 흘러내리는 생선 내장 같은 그것을 예컨대 고백, 저항, 수용, 확장 같은 우리가 우리 자신을 위해 만든 가짜 형식으로 나누는 일은. 그래야 겨우 자신의 인생을 소화시키고 서너 시간 자는 우리의 약함은.

임솔아

2013년 중앙신인문학상(시 부문)과 2015년 문학동네 대학소설상을 통해 작품 활동을 시작했다. 소설집 『눈과 사람과 눈사람』 『아무것도 아니라고 잘라 말하기』, 중편소설 『짐승처럼』, 장편소설 『최선의 삶』 『나는 지금도 거기 있어』, 시집 『괴괴한 날씨와 착한 사람들』 『겟패킹』 등이 있다. 신동엽문학상, 문지문학상, 젊은작가상을 수상했다.

퀘스트

기어이 오늘이 왔구나 싶었다. 다음번엔 부디
아무 이유 없이 만났으면 좋겠다며 지내온 지
10년이 가까워져 있었다. 처음 그런 말이 오간 건
장례식장에서였다. 호스피스 병동에 장기 입원해
계셨던 영혜의 아버지가 돌아가신 때였다.

"다음에는 같이 여행을 가자."

상복을 입고서 퀭한 눈을 한 영혜가 말했고
모두들 그러자고 했다. 집으로 돌아가 우리는
각자 여행하기 괜찮은 장소를 물색했고 숙소도
찾아봤지만, 상을 당한 영혜가 집안의 각종 뒤처리를
하느라 약속은 자연스럽게 취소되었다. 지원이
사직서를 제출했을 때, 민조가 스토킹을 당했을 때
우리는 모였다. 그때마다 머리를 맞대고 헤쳐나갈
궁리를 했다. 다음에는 이런 일로 보지 말고 그저
남들처럼 가볍게 여행을 가기 위해 보자고 약속을

했다. 약속은 지켜지지 않았다. 언젠가부터 우리의
삶에는 공통점이 없었다. 누가 어느 동네로 이사를
갔는지, 회사에서는 어떤 직책을 맡고 있는지,
휴일에는 어떤 여가를 보내는지 알지 못했다.
그렇지만 나쁜 일이 생겼을 때 가장 먼저 서로에게
연락을 했다. 오랜만에 연락을 하면서 안 좋은
이야기를 불쑥 꺼내도 괜찮은지, 누군가 이런 얘기를
부담스러워하지는 않을지, 고민할 필요가 없는
사이였다. 이런 얘기를 할 사람이 너네밖에 떠오르지
않았어, 너희가 있어서 다행이야, 같은 말도 너무
당연해서 할 필요가 없었다. 안 좋은 일이 서로에게
꾸준히 벌어졌고, 어쩌면 그로 인해 사이가 더
돈독해진 것일지도 몰랐다.

　　이번에는 정말 활짝 웃으며 여행을 가자는
영혜의 메시지가 온 건 새벽 3시가 넘었을 때였다.
혹시 무슨 일이 있는 거냐고 민조가 제일 먼저
답을 했다. 아무 일도 없다고 영혜는 말했다. 밤에
이런저런 생각을 하다가 영혜는 우리에게 아무 일도
없는 나날이 너무 오랜만이라는 생각이 들었다고
했다. 드디어 여행을 가자는 말을 꺼낼 수 있겠다는

　　　　　　　　　　　　　　　　　　임솔아

생각이 들었다면서. 지금이 무척 귀한 순간이라는
데에 모두가 동의했다. 지금을 놓치면 다시 지뢰가
터지듯 불상사의 나날로 복귀할 것만 같았다.

"지금이 아니면 안 돼."

지금이 지속될 리 없다는 것에도 모두가
동의했다. 우리는 그날 새벽 즉흥적으로 여행을
결정했다.

만종역 앞에 서 있는 민조는 커다란 캐리어와
켄넬을 들고 있었다. 켄넬 안에 자그마한 개가
있었다.

"네가 쪼꼬구나."

개와 함께 찍은 민조의 사진을 보았지만, 실제로
그 개를 보는 건 처음이었다. 민조와 나는 켄넬을
뒷좌석에 싣고 출발했다. 양양까지는 150킬로미터를
더 가야만 했다. 바람에 휘청이는 차체 때문에
운전대를 꼭 쥐고서 나는 졸리다고 말했다. 민조는
상체를 돌려 뒷좌석에 실어두었던 비닐봉지를
집었다. 감자칩 한 봉을 꺼내 뜯었다. 소리가 나는
것을 씹으면 졸음에 도움이 될 거라면서. 민조와
나는 음악을 크게 틀어보았다. 개그맨들이 출연하는

팟캐스트를 들어보았다. 끝말잇기를 했다. 민조가
산기슭을 말했을 때 나는 슭곰발을 말했다. 그런데
슭곰발이 도대체 뭐지, 나도 몰라, 같은 얘기를
나누었다. 무슨 얘기라도 좋으니 아무 얘기나 계속
들려달라고 나는 민조에게 부탁했다.

"뭘 하고 지냈어?"

뭘 하고 지냈더라, 민조는 잠깐 생각을 하다
답했다.

"얼마 전에 캐나다에 다녀왔어."

"좋았어?"

내가 물었다.

"좋았는데, 비행기에서 쪼꼬가 힘들어했어."

민조는 상체를 돌려 뒷좌석의 켄넬을
바라보았다. 쪼꼬가 괜찮은지 확인하는 듯했다.

"아, 그리고 상담을 다녔어."

무슨 상담이냐고 내가 물었다. 그냥 상담이라고
민조가 답했다. 상담을 다닌 지 꽤 오래되었다고
했다. 언제부터였냐고 내가 묻자, 민조는 또 잠시
생각을 하다 말했다.

"중학교 때, 나 클럽 활동 시간마다 상담받으러

임솔아

갔던 거 기억해?"

나는 기억이 나지 않았다. 내게 말을 했는지 안 했는지, 민조도 기억이 나지 않는다고 했다. 말을 안 했을 것 같다고 민조가 고쳐 말했다. 그때는 우리가 이런 사이는 아니었잖아.

클럽 활동을 정해야 하는데 담임이 나보고 상담실로 가라고 했거든. 나처럼 불려 온 애들이 상담실에 모여 있었는데, 도통 공통점이라고는 찾을 수가 없었어. 가출한 애, 물건을 훔친 애, 최근에 부모님이 돌아가신 애, 성적이 갑자기 떨어진 애. 그냥 학교에서 문제가 있다 판단한 애들을 상담실에 몰아넣었던 것 같아. 걔네들하고 2주일마다 두 시간씩 상담을 받아야 했거든. 그때는 상담 시간을 좋아했어. 아, 상담 선생님도 좋아했다. 사실 그 선생님을 좋아했다기보다는, 다른 애들이 다 선생님을 좋아라 하니까 나도 따라서 좋아했던 것 같아. 무슨 그림 그리기도 하자고 하고, 만들기도 하자고 하고, 편지 같은 것도 써보라 하고 그랬는데. 어느 날부터인가 선생님이 뭘 시키든

51   퀘스트

애들이 종이에 욕만 쓰는 거야. 쩐덕이 기억나? 왜,
시조새처럼 소리지르는 선생. 쩐덕이는 씨발놈이다,
개새끼다, 애들이 그런 말만 쓰는 거야. 근데도
상담 선생님이 저지를 하지 않았어. 이 시간만큼은
너네들이 원하는 대로 해도 된다고, 마음껏 욕하라
하더라. 애들이 자랑스럽게 욕을 했어. 자기가 쓴
욕을 서로 먼저 읽겠다고 손을 번쩍번쩍 들면서.
상담이 끝날 때 애들이 선생님이랑 헤어지는 게
슬프다면서 초코파이로 케이크도 만들고 그랬거든.
그때 선생님이 그러더라. 사실 너희 처음 봤을 때는
무서웠다고. 문을 열고 상담실에 들어서자마자 이
애들이 자기를 적대시하고 있다는 게 느껴졌다고.

　　　우리는 우리가 왜 거기 불려 갔는지도 몰랐을
뿐이거든. 서로가 누구고 어떤 애인지도 모르고
있었거든. 문 열고 들어오는 사람이 상담 선생님인
줄도 몰랐지. 아무것도 모르는데 어떻게 적대를
했겠어. 최소한 그 사람이 선생님이란 거나마
알아야지. 난 그 선생님이 행정실 직원분인가 했어.
학교에서 얼굴이 낯선 어른은 행정실 직원분밖에
없었으니까. 누구인지 무슨 의도인지 눈치라도 채야

　　　　　　　　　　　　　　　　　　　　임솔아

적대도 할 수 있지.

그때는 상담 선생님 말이 자주 떠올랐어. 우리가 무서웠다는 그 말이 그때는 왜 그렇게 서운했던 걸까.

지금 생각해보면 상담 선생님은 오히려 순진했던 것 같아. 요즘 어떤 선생이 자기 속내를 애들한테 말해. 게다가 상담사의 규칙에 위배됐을 행동인데. 왜 그랬을까. 선생님도 우리를 좋아하게 되었던 걸까.

상담 다닌 지 2년 정도 됐어. 이번 상담사는 오래전에 퇴임한 심리학과 교수인데, 매주 전쟁 얘기를 해. 베트남전 얘기일 때도 있고, 한국전쟁 얘기일 때도 있고, 임진왜란 얘기일 때도 있는데 아무튼 전쟁 얘기야. 이순신이 고작 몇 척의 배로 얼마나 많은 왜군을 무찔렀는지 아느냐, 당신도 이순신처럼 다 이겨낼 수 있다. 자기가 무슨 말을 했는지 자꾸 잊어버리고, 들려줬던 이순신 얘기를 자꾸만 또 해. 내가 한 얘기도 잘 기억을 못하고 자기 마음대로 기억하기도 해서, 나도 했던 말을 또 해야만 하거든. 어느 날부터인가는 말해봤자 또 잊어버릴 텐데 싶더라고. 그래도 매주 상담사를 만나러 갔어. 상담사가 내 얘기를 기억하든 말든, 상담사가 도움을

줄 수 있든 없든. 오히려 다 잊어버릴 것 같아서
좋더라. 무슨 얘기라도 할 수 있을 것 같고. 그냥
속말을 하고 싶었나 봐. 말을 하기 위해 외출 준비를
하고 버스를 타고, 약속 시간에 맞춰 찾아가고. 그런
노력이 나한테 필요했어. 사람들이 어째서 상담을
받는지 이해가 되더라.

  상담사 얘기 중에 이해가 안 돼서 기억에 남는
게 있는데, 두꺼비가 없는 상황에서 깨진 독에 물을
채우려면 어떻게 해야 하느냔 거야. 난센스도 아니고,
아무튼 나는 가만히 있었거든. 상담사가 머리카락을
쓸어 넘기면서 말했어. 빠져나가는 물보다 더
많은 물을 독에 부으면 된대. 더 열심히 독에 물을
부어야만 한다고. 처음에는 티가 안 날 테지만, 계속
붓다 보면 언젠가 독에서 물이 넘칠 날이 올 거래.

  그게 뭔 소리야. 고압 호스가 있다면 모를까.
더 부지런하라는 말인가 보다 하며 상담사의
조언을 따랐어. 어떻게든 몸을 일으켜 산책을 하고,
설거지거리가 쌓이지 않게 싱크대도 깨끗이 하고. 날
밝을 때까지 책상 앞에 있지 않으려고 침대에 억지로
몸을 누이고. 기대 없이 그렇게 했어. 입력받은

기계처럼 그렇게 했어.

비행기 ASMR을 틀어놓기 시작했어. 캐나다로 이민 간 친구를 만나러 가기로 했거든. 개도 한국에 있을 때는 나랑 상태가 비슷했는데, 캐나다에 가니 마음이 너무 편하다는 거야. 사진을 보고 좋아 보인다 생각했지만, 정말 좋아진 줄은 몰랐어. 좋아 보인다는 말도 그냥 생각 없이 건넨 말이었는데, 그 친구가 정말 좋아졌다고 대답을 하는 거야. 놀러 오라고 하길래 덥석 가겠다고 답을 했어. 쪼꼬도 데려가기로 했지. 열 시간 정도의 비행시간 동안 쪼꼬가 자그마한 가방 속에 있어야 하는데, 견딜 수 있을지 걱정이 되더라고. 비행기 소음에 조금이라도 익숙해지게 하라고들 하길래 비행기 ASMR을 틀어줬어.

그 ASMR이 그렇게 인기가 많은 거야. 그걸 종일 틀어놓고 지내는 사람이 많대. 멀미가 나서 잠이 잘 온다나. 칭얼대던 아기들도 시끄러운 드라이어 소리를 들으면 갑자기 잠든다고 하잖아. 독에 물을 부으라는 말이 이런 뜻이었구나 했어.

듣기 싫은 소리를 찾아 듣는 사람들이 있더라고. 공사장의 드릴 소리, 손톱으로 칠판 긁는 소리,

모닝콜 소리, 모기 소리…… 그 소리들을 켜놓고 배달 어플의 악평들을 읽었어. 정말 무뎌지긴 하더라고. 진저리 치도록 싫은 느낌이 서서히 사라져갔어.

이게 정말 괜찮은 게 맞는 건가? 헷갈렸는데, 너무 오래 안 괜찮다고 생각해와서인지 헷갈리는 상태가 반가운 거야. 호전된 거 같고.

쪼꼬한테 비행기 ASMR이 효과가 있었는지 없었는지는 모르겠어. 소음에는 효과가 있었다 하더라도, 기압에 대해서는 훈련을 못 했으니까. 비행기가 이륙하고 얼마 지나지 않아 쪼꼬는 울기 시작했어. 자그마한 가방 속에서 낑낑거렸어. 근데 그 소리를 들을 수 있는 사람이 나뿐이었어. 비행기 소음이 워낙 크잖아. 지나가던 승무원이 쪼꼬를 칭찬해줬어. 어쩌면 강아지가 이렇게 조용하냐면서.

예약한 캠핑장은 그림 같았다. 해변으로부터 조금 떨어진 언덕 꼭대기에 위치했다. 걸어서 해변에 갈 수도 있고, 해안선을 한눈에 내려다볼 수도 있었다. 먼저 도착해 있던 영혜와 지원이 민조와 나를 향해 손을 흔들었다. 우리는 차에서 내리자마자

쪼꼬에게 물을 주었고, 그다음에는 준비해 온 것들을
자랑했다. 영혜는 미니 빔 프로젝터와 휴대용
스크린을, 민조는 폴라로이드 카메라를, 지원은 등유
램프를, 나는 블루투스 스피커와 피크닉 매트를
꺼내 보였다. 꽝꽝 얼린 맥주와 와인, 해감을 마친
참소라와 갑오징어, 초당옥수수와 하지감자, 구워
먹는 치즈와 복숭아와 자두…… 아이스박스에서
음식은 끝도 없이 나왔다. 살림을 차려도 되겠다며
우리는 우선 아이스커피를 꺼내 마셨다.

　　지원이 트렁크에서 캠핑 장비를 꺼내 늘어놓았다.
폴대와 로프, 팩과 망치 같은 것들을 내려다보다 나는
가방 안쪽의 설명서를 집어 들었다. 설명서의 주의
사항을 읽었다. 어렸을 때 친척들과 함께 캠핑을 갔던
때가 떠올랐다. 계곡 근처에 텐트를 쳤는데 한밤중에
비가 내려 계곡물이 무섭게 불어났다. 잠에서
깨어났을 때 텐트 안에는 이미 물이 차올랐고 엄마는
내 손을 붙잡고 뛰쳐나가다시피 대피했다. 엄마도
나도 맨발이었다. 뾰족한 조약돌 때문에 발바닥이
아팠다.

　　간단하다고 지원은 자신 있게 말했다. 서너 번

타프를 처본 경험이 있노라 했다. 팩을 박을 장소를
지원이 알려주면, 내가 망치를 들었다. 우리는
돌아가면서 망치질을 했다. 몸을 쓰는 일이 너무
오랜만이었다. 머리 위로 땡볕이 쏟아졌다. 지원이
차에서 우산을 꺼내 왔다. 쪼꼬가 엎드린 자리에
우산을 놓아 그늘을 만들어주었다. 열두 개의 팩을
박은 이후에 폴대를 세웠다. 바다에서 불어오는 바람
때문에 타프 천이 거세게 펄럭였다. 땅에 박아둔 팩이
순식간에 뽑히며 폴대가 넘어졌다.

"땅이 너무 부드럽네."

지원은 운동화로 땅을 툭툭 치며 딱딱한 바닥을
찾아다녔다. 사이트 안쪽에 팩을 다시 박았다. 번갈아
망치질을 했다. 두번째로 세웠던 타프도 무너졌다.
우리는 주변을 둘러보았다.

"아무도 타프를 안 쳤어."

해안선이 한눈에 내려다보인다는 것은 해풍이
곧장 사이트로 불어온다는 의미였다. 그 사실을
모르고 바람에 취약한 타프를 준비해 온 사람은
우리뿐이었다. 다른 사이트의 사람들은 이미 텐트를
세우고 아늑한 셸터 속에서 음식 준비를 하고 있었다.

　　　　　　　　　　　　　　　　　　임솔아

무사히 놀기 위해서도 요령과 학습이 필요했다. 우리의 두 뺨은 발갛게 익었다. 한 명씩 더위를 먹어가고 있었다. 우리는 해풍을 차로 막아보기로 했다. 뷰가 펼쳐진 자리로 차를 이동시켰다. 폴대의 높이를 낮춰서 안정감을 주고 바람이 통과할 수 있도록 타프의 방향을 바꿔 다시 설치했다. 민조가 망치를 내려칠 때 앓는 소리가 났다. 헛스윙을 하는 횟수가 늘어났다. 앓아 눕겠는데, 앓아 눕지 뭐, 같은 얘기를 나누었다. 커다란 돌덩이를 주워서 팩을 눌러두었다. 할머니가 김칫독 안에 넣어두던 누름돌 같다고 영혜가 말했다.

"그래, 잘 누르는 게 중요하지."

우리는 고개를 끄덕였다. 이번에는 팩이 뽑히지 않았다. 대신 부욱 소리를 내며 타프 천이 찢어졌다. 우리는 펄럭이는 타프를 바라보았다.

"어차피 해가 질 거야."

영혜가 말했다. 해가 떨어지려면 몇 시간이 더 지나야 할 테지만, 햇빛이 강렬한 시간은 지나갔다. 우리는 타프를 포기하기로 했다. 제시간에 저녁을 먹으려면 빨리 움직여야 했다. 바닥에 방수포를 깔고

59 　　　　　　　　　　　　　　　　　퀘스트

그라운드시트를 덮고 발포 매트를 깐 후, 텐트를
치고 그 안에 자충 매트와 담요와 전기장판과 침낭을
차례대로 쌓는 것이 정석이었지만, 그러기에는
너무 지쳐 있었다. 초여름인데 전기장판은 필요치
않다고 생각했다. 자충 매트가 있으므로 발포 매트도
필요가 없다고, 방수포가 있으므로 그라운드시트도
필요가 없다고 생각했다. 네 명의 성인이 들어가
누울 것이므로 텐트에 굳이 팩을 박을 필요도 없다고
생각했다. 우리는 여행 이유를 다시 한번 상기했다.
푹신한 곳에서 잠을 자기 위해 온 것은 아니었다.
최대한 절차를 줄였지만 텐트를 설치하는 데에도
한참을 헤맸다. 사이트에 스크린을 세웠다. 지원이
등유 램프를 돌리자 불이 반짝 들어왔다. 조명이
필요할 정도로 사위는 어둑해져 있었다. 주변
사이트의 사람들은 저녁을 다 먹고 설거지를 하러
가고 있었다. 우리는 아직 화로에 불을 피우지도
못했다.

　　한 사람이 채소를 씻어 오는 동안 다른 한 사람은
조개탕을 끓였다. 한 사람은 화로 속에 포일로 싼
감자를 넣었고, 다른 한 사람은 소라를 구웠다.

　　　　　　　　　　　　　　　　　　　　임솔아

고생은 했지만, 이제 좀 캠핑 느낌이 난다고 지원이
말했다. 모두들 고개를 끄덕였다. 쪼꼬가 다가왔고,
우리는 식힌 감자 조각을 쪼꼬에게 나눠 주었다.
쪼꼬의 리드 줄이 이 의자 저 의자에 엮여 몇 번이나
풀어주어야 했다. 꿈꾸었던 여행에 가까워져가고
있었다. 어지럽게 돌아다니던 쪼꼬의 리드 줄이
화로의 다리에 꼬여버린 건 한순간이었다. 손댈 새도
없이 화로는 엎어졌다. 불이 튀었고 쪼꼬가 차지했던
피크닉 매트가 화르륵 타올랐다.

버너 위에서 조개탕이 홀로 보글보글 끓고
있었다. 민조가 다급하게 화로에 생수를 들이부었다.
지원은 타들어가는 매트에 모래를 뿌렸다. 불은
간단히 진화됐다.

큰일 날 뻔했어. 영혜는 쪼꼬가 괜찮은지 살폈다.
아무도 다치지 않았다.

허공에는 타다 만 것들의 잿가루가 하얗게
떠다녔다. 우리가 준비한 음식 접시에 재가 골고루
뿌려져 있었다. 맥주 캔은 엎어져 있었다. 가지런히
깎아두었던 복숭아가 자두와 함께 땅에 떨어져
있었다. 쪼꼬가 그것들을 호시탐탐 노리고 있었다.

61   퀘스트

우리는 먹을 수 있는 것과 버려야만 하는 것들을
구분하다가 포기했다.

"고작 재하고 흙이 묻었을 뿐이야. 못 먹을 건
없어. 재는 원래 깨끗한 거고, 흙에는 최악의 경우
쪼꼬의 오줌 정도가 묻었을 거야."

민조가 말했다.

"극히 소량일 거야."

소금 한 꼬집을 집듯 검지와 엄지를 붙이며
지원이 말했다.

"쪼꼬는 자기 오줌을 핥아 먹기도 하잖아. 우리는
쪼꼬랑 뽀뽀도 했고."

나도 고개를 끄덕였다.

"오케이. 다 먹자."

영혜가 복숭아를 집었다. 누군가는 물티슈로
닦고, 누군가는 옷자락에 툭툭 털어가면서 우리는
복숭아와 자두와 감자를 먹었다. 재가 떠다니는
뜨끈한 조개탕을 마시자 속이 시원해졌다. 술도 거의
안 마셨는데 해장이 되는 것 같다고 우리는 입을
모았다.

할아버지는 인장이 찍힌 편지를 지원에게
남겼다. 언젠가 정말 힘든 날이 오면 읽어보라
말했다. 지원은 그 편지를 회사 책상 서랍에
넣어두었다. 지원은 은행에 다녔던 것 같다. 금융이나
IT 쪽 회사였는지도 모른다. 지원의 옆자리에는
미라가 된 동료가 책상에 쓰러져 있다. 그 옆자리에는
머리가 녹아 사라진 눈사람이 앉아 있다. 그
옆자리에는 마우스가 된 동료가 앉아 있다. 쥐 말고,
컴퓨터랑 사용하는 그 마우스다. 지원은 초록색
선글라스를 쓰고 있다. 처음부터 지원이 골랐던
것이다. 선글라스 때문에 지원이 바라보는 모니터는
온통 초록이다. 지원의 손도 초록이다. 지원은
화장실에 가서 거울을 본다. 거울 속 지원의 얼굴도
초록이다. 지원은 세면대 옆에 선글라스를 벗어두고
세수를 한다. 선글라스를 벗어도 지원의 얼굴은
여전히 초록으로 질려 있다. 지원은 책상으로 돌아가
서랍을 열어본다. 편지를 꺼내 읽는다. 할아버지도
지원과 비슷한 삶을 살았다고 편지에 적혀 있다. 어느
날 모든 것을 버리고 떠나기로 했다며, 그때 구입한
시골 땅을 남겨주겠다고 적혀 있다. 그래서 지원은

당장 그 시골로 떠난다.

이곳에서 지원은 매일 아침 6시에 일어난다. 실제로는 밤 12시일 때도 있고 새벽 3시일 때도 있지만, 어쨌든 이곳은 아침 6시다. 이곳에서는 한 시간마다 오전 6시가 돌아온다. 물뿌리개를 챙겨 감자에 물을 주는 것으로 하루를 시작한다. 감자는 10일이면 수확을 할 수 있다. 실제로는 열 시간 남짓 걸리는 듯하다. 물뿌리개를 한 번 채우면 열 개의 작물에 물을 줄 수 있다. 물을 다 주고 나면 8시 30분이다. 농장에서 동쪽으로 이동하면 버스 정류장이 있고, 그 버스 정류장에서 더 동쪽으로 이동하면 마을이 나온다. 마을에는 서른두 명의 주민이 있다. 지원은 서쪽 탑에 살고 있는 마법사에게 관심이 있지만, 그와는 결혼하기 어려울 듯하다. 그의 호감을 얻으려면 슬라임 수프를 선물해야만 하는데, 슬라임 수프의 조리법을 알아내는 것은 그와 결혼을 해야지만 가능하다. 지원은 마을 북쪽 광산 앞에 종이 박스를 세워두고 살고 있는 노숙자에게도 관심이 있다. 그 사람과 대화를 하려면 밤에 움직여야만 한다. 밤에 쓰레기통을 뒤지러 자주 나타나기

임솔아

때문이다. 하지만 그 사람과도 결혼을 할 수는 없을 것이다. 그가 미혼인지는 알 수 없으나, 결혼 기능이 제공되지 않는다. 마트 사원으로 일하는 미키와 결혼을 하는 편이 좋을 것이다. 미키는 제로콜라 정도만 선물로 줘도 좋아라 한다. 미키는 직장인 밴드에서 드럼을 치기 때문에, 결혼을 한다면 함께 음악 축제에도 갈 수 있다. 아직은 호감도가 충분치 않기 때문에 지원은 매일 미키를 만나러 마트에 가야만 한다. 꼭 결혼을 해야 하는 건 아니지만, 결혼을 하지 않으면 미혼자들이 계속 플러팅을 해올 것이다. 결혼하지 않으면 늙어 죽을 때까지 귀찮을 테니까, 그냥 빨리 해두는 게 속 편하리라는 조언을 들었다. 미키와 만난 이후에 지원은 광산에 가서 슬라임, 박쥐, 미라 같은 걸 잡는다. 때로 호수에 가서 낚시를 한다. 종일 낚시만 하거나 종일 슬라임만 잡을 때도 있다. 나무를 하거나 광석을 캐거나 잡풀을 뽑을 때도 있다. 호미로 땅을 팠다가 드워프의 두루마리를 얻을 때도 있다. 그날 얻어낸 것들 중 무엇을 팔고 무엇을 버려야 할지를 결정한다. 가장 중요한 건 은행에서 빌린 대출금을 연체 없이 갚아나가는

것이다. 요리를 하려면 집에 부엌을 만들어야 하고,
부엌을 만들려면 집을 넓혀야 한다. 닭장도 만들어야
하고, 외양간도 지어야 한다. 밤에는 친구들을 불러
농장에서 파티를 해야 한다. 왜 파티를 해야 하는지
지원은 모르지만, 파티를 하지 않으면 집에 아무도
찾아오질 않고, 아무도 찾아오질 않으면 외로움
지수가 상승한다. 외로움 지수는 에너지에 영향을
끼쳐서 다음 날 일을 하는 데에 차질을 준다. 파티를
하려면 친구가 좋아하는 물건을 집에 가져다 놔야
한다. 해먹이 있어야 오겠다는 친구가 있고, 명품
소파가 있어야 오겠다는 친구가 있고, 고대 유물이
있어야 오겠다는 친구가 있다. 그것들을 구입하려면
작물을 아주 많이 키워서 팔아야만 한다. 지원은
가끔 탈진을 하고 기절한 채로 병원에 실려 간다.
농장의 작물들은 까마귀가 쪼아 먹고 늑대들은
닭을 훔쳐 간다. 사계절이 차례차례 지나간다.
모든 일을 다 해낼 수 없다는 걸 지원은 알게 된다.
낚시터에서 거북이와 조우한 후에 용왕을 만나러
바닷속으로 가는 동시에 광산 지하 99층의 마왕과
대결할 수는 없다. 댄스 대회에서 1등을 하는 동시에

임솔아

저장고에 넣어둔 와인들을 관리하는 동시에 마을 이장의 횡령 사건을 추적할 수는 없다. 무엇이든 한 가지만 너무 깊게 파고들면 미션은 점점 어려워진다. 지원은 쉬운 것들을 두루두루 하는 쪽을 선택한다. 낚시터에 가되 용왕을 만나야 할 만큼 낚시의 달인이 되지는 않는다. 광산에 가되 지하 23층 정도까지만 진입한다. 그곳에도 구리와 철은 충분하다. 가끔 루비가 나오기도 한다. 댄스 대회를 구경 가지만 참가는 하지 않고, 마을 이장이 횡령을 한 것 같다는 마을 사람들의 말을 들어주기만 한다. 지원은 이곳에서도 자신이 무척 자신답다고 생각한다. 잠자는 시간을 제외하면 한 시간조차 쉬지 않는다. 그럼에도 좋은 농장 세계 랭킹 하위권에 늘 머물러 있다. 모든 일이 바쁘게 일어나는 동안 지원은 대부분 자기 집 소파에 가만히 누워 있곤 한다. 손끝으로 핸드폰을 빠르게 터치하면서 누워 있다. 또 그걸 하고 있느냐고 룸메이트가 가끔 묻고, 지원은 고개를 돌려 룸메이트를 바라본다. 룸메이트의 호감도가 떨어지는 게 보인다.

"화분에 물이라도 주지?"

룸메이트가 지원에게 말한다.

"응."

지원은 퀘스트를 수락한 셈이다. 지원은 자리에서 일어나 베란다에서 물뿌리개를 꺼내 온다. 지원의 집에는 열다섯 개의 화분이 있다. 오늘은 바질과 토마토에 물을 주는 것으로 본격적인 하루를 시작한다. 물뿌리개를 한 번 채우면 다섯 개의 화분에 물을 줄 수 있다. 두 번 정도는 물을 새로 떠야만 한다. 화분 받침에 물이 고일 만큼, 그러나 넘치지 않을 만큼 주는 것이 중요하다. 집에서 동쪽으로 이동하면 버스 정류장이 있고, 그 버스 정류장에서 더 동쪽으로 이동하면 번화가가 나온다. 번화가 중심에 위치한 상가에는 총 일흔여덟 개의 점포가 입점되어 있다. 2층에는 공방이 많은데, 도자기와 비누를 만드는 공방은 이미 다녀보았다. 도자기 공방의 여자는 부업으로 옷 수선도 하기 때문에 새 청바지의 길이 수선을 위해 찾아간다. 비누 공방의 주인과는 한때 친구로 지냈다. 명절에 저렴한 식용유 세트를 선물한 적이 있는데, 그 값싼 선물을 비누 공방의 주인이 유독 좋아해줬다. 명절에 선물이라고는

임솔아

받아본 적 없는 사람처럼 그랬다. 그의 요청으로 함께
자라섬 재즈 페스티벌에 간 적도 있다. 비누 공방을
그만두면서 주인과는 자연스럽게 멀어졌다. 특별한
이유가 있던 건 아니다. 비누 만드는 법에 대해 돈을
내고 더 배워야 할 것이 남아 있지 않았을 뿐이었다.
서로에 대한 호감도도 더 이상 채울 수 없을 만큼
채워졌다. 더 이상 미션이 주어지지 않는 게임,
전부 클리어한 게임과도 같았다. 지원은 이제 향수
공방에 관심이 있지만 그 공방은 왜인지 자주 문을
열지 않는다. 지원은 상가 1층 카페에 자리를 잡고
노트북을 연다. 여러 개의 창을 띄워두고 일한다.
해골과 호박, 드라큘라 같은 핼러윈 콘셉트의 제품을
홍보하는 영상이나 낚시 전문 영상 같은 것들을
편집한다. 벌꿀아이스크림을 백 개씩 먹는 영상이나
자동차 엔진을 분해하는 영상을 편집하기도 한다.
흉터 없이 여드름을 압출하는 노하우 영상을 편집할
때도 있다. 메일로 들어오는 일거리 중 어떤 것을
수락하고 어떤 것을 거절할지 선택해야 한다. 중요한
건 은행에서 빌린 대출금을 연체 없이 갚아나가는
것이다. 언젠가는 욕실에 샤워 부스가 아닌 욕조가

있는 집에서 살고 싶다고 지원은 생각한다. 지원은
노트북에 몇 개의 창을 더 띄운다. SNS 계정을
운영하지는 않지만, 다른 계정을 구경하기 위한
계정은 만들어두었다. SNS를 보다가 주식 창을
본다. 당근마켓에서 지원이 찜을 해놓은 암막 커튼이
가격을 할인했다는 알람이 오고, 농장에서 감자
생산이 완료되었다는 알람이 온다. 지원은 핸드폰을
열어 시골 농장으로 돌아간다. 감자가 썩기 전에 빨리
감자를 캐내야 한다.

"이게 어째서 힐링이지?"

지원의 게임 이야기를 듣고 영혜와 나는 고개를
갸우뚱거렸다. 지원은 바로 그게 포인트라고 말했다.
현실과 다른 점이 하나도 없다는 것. 기절하도록
일해도 대출금은 갚기 요원하고 까마귀와 늑대에게
농작물을 빼앗기고 취향을 맞춰주지 못했다는
이유로 친구는 화를 내고 인기가 많은 친구의 집을
주기적으로 염탐하며 부러워한다는 것. 커다란
잉어를 낚기를 꿈꾸며 찾아간 낚시터에는 피라미만
버글거리고 별을 보러 올라간 언덕에서는 폭풍이

불어닥치고 집에서 오카리나를 부는 장면을 사진으로
찍어 친구에게 자랑하는 것만이 가장 큰 기쁨이
된다는 것. 매일 아침 타로 점과 일기예보를 살펴보고
요리나 목공을 배우러 다니기도 한다는 것. 광산 지하
99층에서 마왕을 쓰러뜨린다 하더라도 저녁 7시에는
〈소스의 여왕〉을 봐야 한다는 것. 용왕으로부터
인어의 토파즈를 선물로 받을 수도 있겠지만,
그것을 잡화점에 내다 팔 수 없다는 것. 어떤 일이
일어나더라도 현실은 그대로라는 것.

"그대로라고. 그대로라니까."

지원은 강조하듯 말했다.

"다정하네."

민조가 맞장구를 쳤다.

"그게 뭐야."

영혜가 피식 웃었다. 지원도 처음에는 영혜와
똑같은 생각을 했다. 시작만 한 게임을 그래서
핸드폰에서 지워버렸다고. 은행인지 금융사인지 IT
회사인지 하는 곳을 실제로 그만둔 이후에야 지원은
이 게임을 떠올렸다. 다니던 회사를 나온
것뿐이었는데 광산 지하 99층의 마왕에게 두들겨

71   퀘스트

맞고 온몸이 파편이 되어 뿔뿔이 흩어진 기분이 드는
나날이었다. 지원도 알고 있었다. 지원이 회사를
그만둔 건 광산 지하 99층의 마왕 때문이 아니라
지원의 옆자리 책상에 미라처럼 엎드려 있던, 머리가
사라진 눈사람처럼 보였던, 지원과 똑같이 지쳐
있던 동료들 때문이었다는 걸. 어쨌든 파편이 되어
흩어진 몸을 찾아내 조립을 해야 움직일 수 있을
텐데, 몸에 대한 조립법은 알지 못했다. 쉬어본 적이
없어서 쉬는 방법도 몰랐다. 지원은 선택했다. 쉬지
않고 일하는 게임을 하기로. 게임을 하며 현실로부터
도피하는 건 아니었다. 지원에게 이 게임은 다정함이
무엇인지를 이해하는 과정에 가까웠다. 이 게임은
인자함이라곤 눈곱만치도 없을 정도로 매정했다. 그
때문에 게임에서 빠져나와 현실로 돌아올 때 낙차
같은 걸 느끼지 않아도 되었다. 탈진 때문에 기절하는
날이 반복되어도 죽지는 않았다. 이 세계에는 게임
오버가 존재하지 않았다. 그 어떤 악의보다 훨씬 더
중독적이었다.

　　우리는 지원을 따라 게임 어플을 핸드폰에
설치했다. 영혜는 마을 남쪽 바닷가의 보트를, 민조는

　　　　　　　　　　　　　　　임솔아

대장간 옆 헛간을, 나는 마트 2층 원룸을 집으로
선택했다. 우리는 해안가의 언덕 위에 모였다. 처음
시작하는 사람에게는 이 빠진 도끼가 무상으로
제공되었다. 우리는 나무를 쓰러뜨려 장작을 팼다.
모닥불을 피웠다. 텐트나 의자를 구입할 돈은
없었으므로 그냥 선 채로 모닥불 근처에 옹기종기
모여 캠핑을 했다. 당연히 다리가 아프지 않았다.
게임 속에서 우리는 시키지도 않은 혼잣말을 했다.

　'여기서 뭘 하는 거지?'

　'감자를 캐야 하는데.'

　'집에 가고 싶어.'

　밤사이 영혜는 독사에게 물렸다. 영혜의 온몸이
파랗게 변했다. 영혜의 입술에서 쉴 새 없이 파란
공기 방울이 튀어나왔다. 그리고 나는 곰에게
끌려갔다. 곰의 앞발에 맞고 기절했다 깨어나니
사냥꾼의 오두막이었다. 어마어마한 구출비가
청구되었지만, 나는 상처 하나 없이 캠핑터로
돌아갔다.

　조명에 날벌레들이 날아들었다. 밤이 제법

쌀쌀하다고 영혜가 말했다. 다른 텐트의 조명이 하나
둘씩 꺼져갔다. 설거지는 내일 아침에 일찍 일어나
하자고 지원이 말했다. 이제 씻어야 한다는 것을
알고 있었지만 우리는 여전히 자리에 앉아 있었다.
몸이 지나치게 무겁게 느껴졌다. 해풍에 실려 온
소금기로 몸이 버석거렸다. 씻는 것도 내일 아침 일찍
하자고 민조가 말했다. 캠핑의 묘미가 씻지 않는 것에
있다고 했다. 우리는 쪼꼬와 함께 텐트로 들어갔다.
쪼꼬의 발을 물티슈로 닦아주고, 우리도 물티슈로
발을 닦았다. 눕기만 하면 기절하듯 잠에 빠져들 줄
알았지만 말똥말똥했다. 바람이 텐트를 흔들어댔다.
랜턴이 휘청였고 커다란 그림자가 넘실거렸다.
그때마다 쪼꼬는 귀를 세우고 으르렁거렸다. 자충
매트 덕에 바닥은 푹신한 편이었다. 그러나 땅에서
한기와 습기가 고스란히 올라왔다. 온도가 급격히
떨어졌다. 전기장판을 생략한 건 잘못된 판단이었다.
바깥으로 나가 트렁크에서 장판을 꺼내 오는 편이
밤새 추위에 떠는 것보다는 나았다. 알고 있으면서도
우리는 침낭 속에서 몸을 웅크리고 누워만 있었다.
텐트 위로 투둑투둑 비가 떨어지기 시작했다.

임솔아

"가벼운 비 정도는 낭만이지."

지원이 말했다. 일기예보에 비가 온다는 말은
없었으니까, 잠깐 지나가는 비일 거라고 영혜도
거들었다. 텐트 바깥에는 영혜의 빔 프로젝터와
스크린, 나의 블루투스 스피커가 있었다. 지원의 등유
램프와 테이블과 의자도 있었다. 죄다 비를 맞으면
안 되는 물건들이었다. 우리는 끙, 소리를 내며
몸을 일으켰다. 추위보다 물건이 우리를 움직이게
했다. 지퍼를 열고 바깥으로 한 명씩 빠져나왔다.
전자 제품을 우선 차 안에 넣었다. 타프 천을 펼쳐
남은 물건들을 덮어두기로 했다. 타프는 비를 잘
막아줄 테지만, 고정시키지 않으면 바람에 뒤집어질
것이었다. 우리는 타프를 고정시키기 위해 다시
망치질을 하며 팩을 박았다.

우리는 다닥다닥 누워서 텐트 천장을 응시했다.
빗소리의 간격에 온 신경을 집중했다. 민조가
조심스럽게 입을 열었다.

"물이 새나 봐."

민조가 자충 매트 밑으로 손바닥을 넣었다가
꺼내 보였다. 민조의 손바닥은 물기로 척척했다.

방수포를 대충 깐 탓이었다. 우리는 다시 텐트
바깥으로 나가 방수포를 점검했다. 텐트 바깥으로
삐져나온 방수포를 텐트 안으로 밀어 넣었다. 그래도
텐트 안으로 물이 스며들자 우리는 텐트를 잘못된
장소에 설치했다는 걸 알았다. 지대가 낮아 텐트
쪽으로 빗물이 모이게 되어 있었다. 또다시 텐트
바깥으로 나와야 했다.

이렇게까지 할 필요는 없었다. 각자 돌덩이를
하나씩 들고 텐트 주변에 고랑을 파냈다.
정수리에서부터 흘러내린 빗물이 턱에서 뚝뚝
떨어졌다. 온갖 일이 일어나는 것 같았지만, 이런
건 안 좋은 일은 아니라고 우리는 생각했다. 아무도
짜증을 내지 않았고 아무도 누군가를 탓하지 않았다.

지원이 기침을 하기 시작했다. 민조는 코를
훌쩍였다. 영혜가 트렁크에서 전기장판을 꺼내
왔다. 감전 위험이 있지 않으냐고 내가 물었고,
요즘 캠핑용 전기장판은 잘 나와서 괜찮다고
지원이 답했다. 마침내 바닥에서 따뜻한 기운이
돌기 시작했다. 우리는 침낭 바깥으로 코만 내놓은
채 따뜻하다, 따뜻하다, 하고 중얼거렸다. 몇 시간

임솔아

뒤면 해가 뜰 것이었다. 잠을 자기에도 눈을 뜨고
있기도 애매했다. 우리는 다 같이 무언가를 기다렸다.
빗방울이 멈추기를. 혹은 빗방울이 거세지기를,
그래서 이 여행을 포기할 수밖에 없게 되기를. 아침이
얼른 오기를. 우리는 어떤 얘기라도 나눠야 할 것
같았다. 오는 길에 운전을 하며 쏟아지는 졸음을
쫓기 위해 내가 민조에게 어떤 얘기라도 해달라고
부탁을 했듯이 쏟아지는 걱정을 물리치기 위해서
이야기가 필요했다. 재밌는 일 없었어? 아무것도
없었어? 재밌게 본 영화도 없었어? 서로에게 물었다.
요즘에도 고어물을 보느냐고 민조가 영혜에게
물었다. 영혜가 고어물을 좋아했느냐고 되물으며
나는 난색을 표했다.

　　"그게 왜 좋아?"
　　나는 영혜에게 물었다.

　　영혜의 집 거실에는 소파 옆에 데스크톱이
있었다. 컴퓨터 한 대를 가족 네 명이 함께 사용했다.
영혜의 아빠는 영양제 정보 따위를 검색할 때 빼고는
컴퓨터를 거의 사용하지 않았다. 엄마는 저녁을

먹고 나서 30분 정도 인터넷 기사를 훑어보곤 했다. 아파트 커뮤니티 카페에 글을 올리느라 두세 시간씩 사용할 때도 있긴 했다. 언니가 컴퓨터로 무엇을 하고 있는지는 함께 볼 수 없었다. 가족들이 모니터를 들여다보는 것을 극도로 싫어했기 때문이다.

영혜가 컴퓨터를 온전히 차지하는 때는 화요일, 금요일 저녁 시간이었다. 아빠가 야근을 하는 날이었고 아빠의 야근에 맞춰 엄마도 모임에 나가는 날이었다. 야간 자습을 하는 언니도 집에 없었다. 영혜는 집 안의 불을 모두 끄고 커튼을 쳐서 최대한 캄캄하게 만들었다. 컴퓨터 앞에 앉아 영혜의 이름이 적혀 있는 폴더를 열어 비밀번호를 입력했다. 동영상 파일 중 하나를 재생시켰다.

근육을 뽐내는 남자라든가 수학 천재라든가 착한 얼굴을 한 꼬마라든가, 그들은 차례대로 죽었다. 주사기 바늘이 수북한 구덩이에 빠져서 고슴도치처럼 변한 채 죽기도 했고, 전기톱에 사지가 훼손되기도 했고, 눈이나 입이 기다란 막대에 관통당하기도 했다. 질식하고, 불이 붙고, 익사하고⋯⋯ 온갖 방법으로 사람들이 죽어나갔다. 사람이 계속 고통스럽게

임솔아

죽어나가는 장면들뿐이었다. 그런 고어물을 보는 것이 그 시절 영혜의 유일한 도피처였다. 등받이에 등을 기대지도 못하고, 잔뜩 긴장한 채 영혜는 영상을 보았다. 거실은 컴컴했고 공기는 무겁게 가라앉아 있었다. 조금씩 땀이 흘러 온몸이 간지러웠다. 일본도가 사람의 목을 자르고 목에서 분수처럼 피가 터져나오는 것이 사이다 광고처럼 느껴졌다. 공포 영화를 좋아하는 사람이 있고, 액션 영화를 좋아하는 사람이 있고, 로맨틱 코미디를 즐기는 사람이 있듯이, 고어물을 선호할 수 있다고 생각했다. 번지점프를 하러 가거나 롤러코스터를 타러 가는 것과 같았다.

매주 토요일 밤 8시에는 온 가족이 거실에 모여 〈공개 수배 사건 25시〉를 봤다. 둥둥둥둥 소리가 나는 특유의 배경음악과 함께 프로그램은 시작되었는데, 영혜는 그때마다 집 안의 모든 불을 켰다. 그러고는 겁에 질린 채 엄마의 등 뒤에 숨어 있었다. 다 큰 애가 애기같이 군다며 엄마는 징그럽다 말하면서도 등 뒤에 숨은 영혜를 내치지는 않았다. 미제 살인 사건이나 강간 사건에 대해 나올 때도, 금은방 강도 사건 같은 것이 나올 때도 있었다. CCTV나

몽타주 속 용의자와 눈이 마주치는 것조차 영혜는 힘들어했다. 사람이 상해를 입지 않거나 죽지 않은 때에나 엄마 등 뒤에서 빠져나와 화면을 보았다. 그럴 때 영혜는 용의자의 특징을 꼼꼼하게 살폈다. 키는 172센티미터, 평범한 체격에 M자로 벗어진 머리. 길을 가다 마주친다면 신고를 해야 한다는 생각 때문이었다. 언젠가 거실에서 혼자 고어물을 보고 있다가 일찍 귀가한 엄마에게 들켜버렸을 때, 엄마는 기막혀 했다. 〈공개 수배 사건 25시〉도 못 보는 애가 이런 걸 보고 있었다니. 엄마는 영혜가 순진한 아이인 척 연기를 해왔다고 짐작하는 모양이었지만, 영혜는 알고 있을 뿐이었다. 〈공개 수배 사건 25시〉에 나오는 재연 장면들은 실제로 일어났던 사건이라는 것을.

영혜가 고어물을 가장 많이 본 건 스물한 살 때 아르바이트를 하던 카페에서였다. 그 카페에서 일하는 사람이 혼자였기에 가능한 일이었다. 카운터 아래쪽에 PDA를 세워두면 손님들 몰래 영상을 볼 수 있었다. 연락 없이 카페에 방문한 사장이 영혜의 PDA를 본 것이 문제가 되었다. 사장은 영혜가 농땡이를 피우고 있었다는 사실보다 고어물을 보고 있었다는 데에 더 화가 나는 듯했다. 뭐가 불만이어서 이런 걸 보고 있느냐고 사장은 물었다. 영혜는 불만이 없었다. 누굴 죽이고 싶어서 이런 걸 보느냐고 사장은 다시 물었다. 영혜는 누군가를 죽이고 싶지 않았다.

이제 영혜는 고어물을 보지 못한다. 이미 수없이 보았던 것도 볼 수가 없다. 동굴에 갇혀버린 주인공이 벽을 긁는 장면을 본 이후였다. 손끝이 클로즈업 되었다. 손톱이 빠지겠네. 그 순간 영혜는 자신도 모르게 눈을 떨구었다. 〈공개 수배 사건 25시〉를 보며 차마 화면을 바로 응시하지 못하던 그때처럼. 이윽고 손톱이 부러지는 특유의 소리가 들려왔다. 영혜는 눈을 질끈 감았다. 다른 화면이 나타날 때까지 그 자세로 있었다. 인물에게 감정이입을 하지 못하도록 만드는 고어물과 이 영화는 달랐다. 주인공에게 동감할 만한 장치가 점철돼 있었다. 주인공이 어떤 가족과 살고 있는지, 어떤 꿈을 꾸고 어떤 좌절을 겪고 있는지를 계속 보여줬다.

이후로 고어물을 볼 때 영혜에게서 같은 반응이 일어났다. 영혜의 손이 영혜의 허락도 받지 않은 채 쿠션을 들어 눈을 가렸다. 영혜는 안간힘을 써서

쿠션 바깥으로 얼굴을 내밀어야 했다. 그러면 또 영혜의 손이 쿠션을 들어 얼굴을 덮쳤다. 고어물을 보려는 예전의 영혜와 고어물을 볼 수 없게 된 영혜가 실랑이를 벌였다. 눈곱만큼도 즐겁지 않았다. 심지어 영혜는 울었다. 납득할 수 없는 눈물이 뚝뚝 떨어졌다. 어깨가 들썩거리도록 울었다.

그즈음부터 고어물에서 본 장면들이 꿈에 나왔다. 평범한 여러 사람이 나왔다. 근육을 뽐내는 남자라든가 수학 천재라든가 착한 얼굴을 하고 있는 꼬마라든가. 영혜도 그들 중 한 명이었다. 그들은 이유도 없이 차례대로 죽임을 당했다. 영혜는 이 이야기의 끝을 알고 있었다. 익히 보아온 장면들로부터 어떻게든 벗어나보려고 노력했지만, 영혜 또한 죽임을 당했다. 영혜는 죽어가면서 카메라가 다가오는 것을 보았다. 카메라의 렌즈 너머로 시청자가 보였다. 시청자는 카메라를 통해 영혜를 바라보며 무엇인가를 먹고 있었다. 새로 출시된 치킨인 듯했다. 살사 소스를 듬뿍 뿌려 구운 치킨.

반복되는 꿈도 익숙해져갔다. 어디서 봤겠지 뭐.

임솔아

꿈을 무심하게 털어버리고 세수를 했다. 냉장고를
열어 밑반찬을 꺼내고 즉석 밥을 전자레인지에
돌리고 있을 때 문득 알게 되었다. 이제 내 꿈에는
영화에서 본 장면만 나오지 않는다는 것을.

"어떤 장면이 꿈에 나오는데?"
나는 물었다.
"뉴스에서 본 것도 나오고."
영혜는 말끝을 흐렸다. 나는 영혜의 언니를
떠올렸다. 같이 자전거를 탔을 뿐이라고 영혜는 말한
적이 있다. 앞서가다가 뒤를 돌아보았을 때 언니의
자전거가 멀찌감치 쓰러져 있었다고. 영혜는 큰
소리로 괜찮으냐고 물으면서 언니에게 다가갔다.
언니는 바닥에 앉아 있었는데, 아무렇지도 않아
보였다. 언니는 왼손으로 귀 주변을 긁적이고 있었다.
머리카락 속에 있던 언니의 귀가 심하게 손상돼
있었다. 언니도 그때는 잘 몰랐다. 이 이야기를 들은
사람은 누구나 기막혀 했다. 어떻게 그럴 수가 있지?
상식적으로 너무 이해가 가지 않았으므로, 영혜의
언니는 엉뚱하게도 자신이 벌을 받았다고 생각했다.

날 너무나 좋아해줬던 남자친구와 헤어져서 이런
일이 생긴 건 아닐까. 너무 어려웠던 친구에게 돈을
안 빌려줘서 이런 일이 생긴 건 아닐까.

팬데믹이 심각하던 때 영혜는 새로운 취미를
찾아내야겠다고 생각했다. 컬러링 북을 색칠해보았고,
뜨개질도 해보았다. 은신처를 찾아내야지만 덜
우울하게 집에서 머물 수가 있었다. 영혜는 귀여운
아기와 맛있는 음식이 나오는 영상을 봤다. 다정하고
따뜻한 사람들의 이야기를 봤다.

"어른이 돼서 그런 거 아닐까?"

내가 영혜에게 말했다.

"착해진 거 아니야?"

지원이 농담을 던졌다.

"난 겁이 많아져서 변한 거라고 생각해."

영혜가 답했다. 옆에서 민조가 중얼거렸다.

"셋 다 비슷한 뜻으로 느껴지는데."

영혜는 가끔 고어물을 좋아하던 자신을 되찾고
싶다는 생각을 한다고 했다. 개연성이 없어서
하위문화 취급을 받았던 고어물의 무개연성에 대해
가끔 생각한다고 했다.

임솔아

"개연성이라는 게 현실에 있나?"

영혜가 말했다. 우리는 각자 자신에게 벌어졌던
안 좋은 일들을 떠올렸다. 어째서 그런 일이
벌어졌는지 이해해보기도 전에 또 다른 안 좋은
일이 앞섰던 안 좋은 일을 덮어갔다. 우리는 현실에
개연성이 있다는 전제하에 지금 당장 우리에게
벌어질 일에 대해 추측 게임을 시작했다. 물건을
덮어두었던 타프가 날아가고 누군가의 짜증이
격발되어 우리는 서로 원망하며 다툰다. 지원이
말했다. 넘어진 화로의 불씨가 살아 있어서 우리가
잠든 사이 큰불이 난다. 영혜가 말했다. 비가 미친
듯이 쏟아지고 우리는 텐트를 버리고 대피를 하게
된다. 민조가 말했다.

"어디로 대피하지?"

영혜가 모두에게 물었다.

"아침으로?"

지원이 텐트의 지퍼를 내리며 대답했다. 바깥은
밝아지고 있었다. 푸르스름하게 안개가 내려앉아
있었다. 타프가 바람에 날아가 수풀에 처박혀 있었다.

"오, 지원이가 맞혔어."

민조가 감탄했다. 진짜냐며 모두들 자리에서
일어나 바깥을 보았다. 왠지 모두들 기뻐하며 날아간
타프에게 박수를 쳤다.

"대단해. 예언자야."

찢어지는 걸로 부족해 날아가버리기까지
한 자신의 타프를 지원은 무척이나 자랑스럽게
바라보았다. 이제 정말로 씻어야 할 것 같다고,
그리고 바깥을 치워야 할 것이라고 우리는 말했다.
아침은 뭘 먹지? 조금만 더 버티면 매점도 문을
열 거야, 같은 말을 나누었다. 눈꺼풀이 까무룩
내려앉았다. 안 돼, 지금 자면 진짜 못 일어나, 우리는
서로에게 말을 걸다 잠에 빠져들었다.

● 게임에 대한 내용은 '동물의 숲'과 'Stardew Valley'에서
   상당 부분 아이디어를 가져왔다.

임솔아

김리윤

2019년 문학과사회 신인문학상을 통해 작품 활동을
시작했다. 시집 『투명도 혼합 공간』이 있다.
문지문학상을 수상했다.

조명하지 않는 빛

　눈을 뜨면 언제나 환한 방에 있다. 감고 뜸
사이에 어떤 간격이 있다 해도. 몇 번째로 눈을 떠도.
너의 시선을 막을 수 있는 장애물은 눈꺼풀뿐이다.
너의 눈길을 덮을 수 있는 물질은 눈꺼풀뿐이다.
너의 눈꺼풀은 밤보다 쉽게 찢어진다. 너의 조그만
눈꺼풀이 천지를 덮는다. 너의 눈꺼풀은 사이라는
장소에 잘 어울린다. 너의 눈꺼풀은 어둠보다 얇고
부드럽다. 너의 눈꺼풀은 네가 만져본 살아 있는
것들 중 가장 위태롭다. 끔찍할 정도의 연약성. 너는
그런 것을 믿기를 잘한다. 너는 언제나 밝은 방에서
여러 개의 창을 틀어놓고 있다.° 좋은 관객이란 잘
망각하는 사람이다. 프레임 바깥을 보려 하지 않는
사람. 프레임 바깥을 빠르게 잊는 사람. 너에게
아름다움은 피로일 뿐이고 너는 그것을 지우고
싶다. 기억은 망각의 기술이다.°° 스크린을 지울 수

있는 것은 스크린뿐이다. 스크린을 짓누르는 것은 스크린 곁의 스크린이 가진 빛이다. 시간 자체를 원하는 사람들이 스크린 앞으로 모여든다. 여전히 방은 너무 환하고, 암막 커튼은 프레임을 만드는 가장 가볍고 얇은 물질이다. 잠의 입장에서 보면 너는 질 나쁜 관객이다. 너는 몸 뉘는 법을 배운 적이 없는 사람처럼 어색하게 삐걱거리며 아무 곳에나 아무렇게나 눕는다. 갓 태어난 것도 아니면서 어떻게 그렇게까지 서툰 움직임을 가질 수 있는 걸까. 갓 태어난 인간 역시 눕기에 한해서라면 너보다 훨씬 능숙하게, 보는 눈들을 편안하게 다루는 동작으로 움직일 것이다. 너의 눕는 동작은 어딘지 압도적인 데가 있는 서투름이다. 네가 눕는 장면 앞에서는 누구라도, 홀린 듯이, 자기 눈을 믿지 못하게 되고 불안에 사로잡히게 되고 눈을 뗄 수 없게 된다.

김리윤

너는 잠을 배우고, 창문을 배우고, 형식을 배우고,
프레임을 배우고, 모든 것을 잊기를 배운다. 네가
배우거나 배우지 않은 모든 것을 잊는다. 세계는
돌이킬 수 없음을 뜻하는 말이다. 너는 시간을 너무
사랑해서 그냥 겪을 수가 없다. 아주 조그마한 시간도
포대기에 싼 아기처럼 다루기를 원한다. 시간을 안고
있는 팔에 온 신경이 쏠려 언제나 머리가 아프다.
시간을 안고 걷는 너는 지면이 가진 모든 질감을
지나친 자극으로 느낀다. 여기서 내려가야 누울
수 있다. 너는 발바닥을 통각을 뭉쳐 만든 물질로
실감하면서 양팔에 조그만 시간을 안고 걷는다.
내려간다. 밤새 내려갔다고 생각했는데 해가 뜨고
보니 정상의 너럭바위에 누워 구조를 기다리고
있더라는 조난자들의 이야기를 떠올리면서.

조명하지 않는 빛

귀는 먹먹하고, 다 내려왔다고 생각한 곳에는
입구 하나가 있다. 문지기는 그것이 잠의 입구라고, 이
입구를 지나 쭉 내려가라고 한다. 입구란 으레 그렇듯
잠의 입구 역시 특별히 작은 편은 아니다. 그러나
내부가 필요로 하는 것이 지나가기엔 미묘하게 작고,
결국 아주아주 작은 것이나 다름없게 된다.

입구는 조그맣고 무시무시하고 귀엽다.
문지기는 이런 입구도 사랑의 한 가지 양식이라고
한다.

우리가 다른 꿈으로 돌아가더라도
우리가 같은 꿈으로 돌아가더라도
같은 피로에 절어 있다 해도
디테일이 다른 생활이 우리를 짓누른다 해도

김리윤

눈을 감은 채로도 방은 환하고
창이 많고

네가 보는 것을 나도 본다.

잠에서 깬 너는
도굴꾼에게 싹싹 비워진 무덤 같은 얼굴을 하고
있다.

○ 윤원화, 발표문「언제나 밝은 방에서 여러 개의 창을
    틀어놓고」,〈제1회 오픈 스페이스: 영화를 가르는
    패스〉(마테리알, 2002. 4. 16).
○○ 크러스너호르커이 라슬로,『세계는 계속된다』, 박현주
    옮김, 알마, 2023.

박세미

2014년 『서울신문』 신춘문예를 통해 작품 활동을
시작했다. 시집 『내가 나일 확률』 『오늘 사회
발코니』가 있다. 김만중문학상을 수상했다.

아사나°를 향하여

화면이 손바닥과 합일된 이래,
무엇을 이루고자 하면 이미 무엇이 이루어진
이미지,
손바닥에 켜진다

따라 하다,라는 수행이 난무한 이래,
따라서
에카파다 라자카포타아사나,
왕 비둘기 자세라고도 한다기에 최선을 다해
왕 비둘기가 되어본다
조류의 가슴 부피를, 발끝의 경도를, 눈빛의
단순성을
따라 하며

몸과 몸이 만나고 몸이 몸을 비틀고 몸부터

몸까지 따라올 때
　　또다시 손바닥에 켜지는 세계
　　두 세계의 합일이 아사나는 아니다
　　그러나 모든 이래에도
　　어딘가에는 있다
　　몸과 몸 이외의 것들이 이루는 각자의 세계
　　고요한 고유한
　　손바닥이 홀로 열리는 세계

ㅇ　요가 수트라의 8단계 중 3단계 수행법. 수십 가지의
　　아사나가 있다.

　　　　　　　　　　　　　　　　　박세미

2부   **소진된 인간**

서이제

2018년 문학과사회 신인문학상을 통해 작품 활동을 시작했다. 소설집 『0%를 향하여』『낮은 해상도로부터』가 있다. 2021·2022 젊은작가상, 오늘의작가상, 김만중문학상을 수상했다.

더 멀리 도망치기

배신자 새끼. 종은 과자를 씹으며 말했다. 종이
선우에게 느낀 배신감은 나로서는 이해할 수 없는
감정이었다. 선우가 정말로 우리를 배신했나. 종은
선우를 만나면 분이 풀릴 때까지 대가리를 주먹으로
갈길 것이라고 했다. 그 말을 들을 때마다 선우의
잘생긴 뒤통수가 떠올랐다.

　한편 우리 안에 갇힌 사자들은 늘어지게 잠을
자고 있었다. 종은 먹던 과자를 우리 안으로 던졌지만
그들의 관심을 끌지 못했다. 종이 서 있는 쪽에는
동물에게 음식을 던지지 말라는 안내문이 붙어
있었다. 종은 매사 그런 식이었다. 시발, 잠만 처자네
새끼들. 종은 그들에게 관심을 받지 못해 아쉬운
모양이었다. 나는 우리 안을 내려다보았다. 그 순간
난간 아래로, 그러니까 우리 안으로, 종을 밀어버리고
싶은 충동에 휩싸였는데. 종이 사자들의 먹잇감이

되었으면 좋겠다고, 그게 아니더라도 낙상으로
즉사해버렸으면 좋겠다고 생각했는데.

　　나는 내 자신이 두려워, 종으로부터 한 발
물러섰다. 때마침 종은 손끝에 묻은 과자 부스러기를
떨어내며 돌아섰고, 내게 담배나 한 대 피우러 가자고
했다.

　　종은 연초에 불을 붙였다. 나는 지난주부터
금연초를 피우기 시작했는데, 이런다고 끊을 수
있을지는 잘 모르겠다. 우리는 고등학생 때부터
담배를 나눠 피웠고, 이후 매년 금연을 결심했다.
만 원에서 많게는 10만 원까지, 내기를 걸어보기도
했으나 소용없었다. 둘 중 한 명은 반드시 한 달을
버티지 못한 채 다시 담배에 손을 댔다. 그러면 또
친구끼리 무슨 돈내기냐며, 그 돈으로 같이 술이나
먹자 했다.

　　야, 아무래도 얼마 못 가겠다. 계속 이러고
있으니 숨 막혀 뒤져버릴 것 같아. 종은 따분한
표정을 지으며 담뱃불을 튕겼다. 나도 여기서
이러고 있는 게 따분했지만 그렇다고 그곳으로 다시

돌아가고 싶진 않았다. 나 이제 돈도 없어. 종은
조금만 기다려보라며 어디론가 메시지를 보냈다. 그
누구도 종에게 답장을 하지 않기를, 그 누구도 종에게
돈을 빌려주지 않기를 바랐다.

　　우리는 작년 내내 경마장에서 시간을 보냈다.
사실 그때는 계절이 바뀌는 줄도 몰랐다. 그저 매주
그곳에서 달리는 말을 향해 소리를 지르고 돈을
따고 잃기를 반복했을 뿐이다. 우리는 우리가 가진
모든 운을 마권에 처박았다. 우리가 불운하다는 걸
알면서도 계속 운을 시험하는 것만큼 바보 같은 짓이
또 있을까. 어쨌든 선우가 아니었더라면, 우리는
지금도 여전히 마권을 사기 위해 여기저기서 돈을
긁어모으고 있었을 것이다.

　　시발 새끼, 돈을 따야 돈을 주지. 종은 선우에게
독촉 문자를 받을 때마다 무모한 선택을 했다.
삼복승으로 한 번에 큰돈을 따려고 했지만, 그게
뜻대로 될 리가 없었다. 무의미하게 시간만 흘렀다.
결국 선우는 사기죄로 우리를 고소하겠다고 했고,
우리는 종의 외삼촌에게 다시 돈을 빌리는 방식으로

이 문제를 해결했다. 이제는 어떤 식으로든 돈을
벌어 종의 외삼촌에게 돈을 갚아야 했다. 차라리
잘되었다고 생각했다. 그런데 만약 그 돈을 갚지
못했다면 선우가 정말로 우리를 고소했을까. 우리는
지금쯤 감방에 가게 되었을까.

한편 철창 안에 갇힌 늑대는 아까부터 같은
행동을 계속 반복하고 있었다. 그러니까 철창
앞을 끊임없이 왔다 갔다 하고 있었던 것인데, 왜
저러는지는 알 수 없었다.

폐장 시간이 다 되어서야 동물원을 나왔다.
아직도 해가 지지 않았다는 사실이 끔찍했다. 이제
무얼 하면 좋을까. 이러다가 또 술이나 처먹으면서
하루를 다 보낼까 두려웠다. 아니나 다를까, 종은
내게 편의점에서 소주나 한 병씩 까자고 했다. 나는
고개를 저었다. 오늘은 그냥 집에 가서 잠이나
자야겠다고 했다.

종의 말을 거절한 건 처음이었다. 막상 거절을
해보니 아무것도 아니었다. 그래, 앞으로도 계속 이런
식으로 해볼 수 있을 것이다. 물론 종과 대판 싸우고

관계를 완전히 끝내는 방법도 있지만 사실 그럴
자신은 없었다. 선우처럼 종에게 냉정해질 자신도
없었다.

그래서 술 안 먹고 그냥 가겠다고? 야, 이 미친
새끼가 웬일이냐. 종은 내 어깨를 툭툭 쳤다. 나는
종이 또다시 더럭 화를 내거나 나를 붙잡을까 봐
겁이 났지만 한 번 더 용기를 내었다. 아, 오늘은
그냥 쉴래. 속도 안 좋고 똥냄새 너무 맡아서 머리도
깨질 것 같아. 다행히 종은 별다른 말 없이 나를
보내주었다.

고등학생 때 종에게 딱 한 번 맞은 적이 있다.
왜 맞았는지는 아직도 잘 모르겠다. 나는 그냥 옆에
가만히 서 있었을 뿐이었는데. 친구와 싸우다가
분노를 주체하지 못한 종이 갑자기 손바닥으로
내 머리통을 갈겼다. 연속으로 세 번. 힘에 밀려
휘청거리다가, 뒤로 잘못 넘어지는 바람에 팔에 금이
갔다. 팔이 골절된 것보다는 수치심이 나를 더 아프게
했다. 반 아이들이 보는 앞에서 친구에게 머리통을
후려 맞은 일은 오래도록 잊히지 않을 것 같았다. 두

번 다시 종을 보지 않으려 했으나, 종이 사과를 해서 나는 그걸 받아줄 수밖에 없었다. 졸업까지는 한참이 남은 시점이었고, 같은 반에서 계속 불편한 사이로 지내는 것도 곤혹이었기 때문이다.

그나마 다행인 것은 종이 자신의 상태를 어느 정도 인지하고 있었다는 것이다. 미안해, 내가 미친 새끼라서 그래. 그런데 그걸 그나마 다행이라고 생각하는 게 맞나. 어쨌든 종은 한번 화가 나면 통제가 안 되는데 이런 자신이 너무도 싫다고 했다. 그걸 자책이라고 해야 하나, 자학이라고 해야 하나. 종이 그런 식으로 나올 때마다 나는 할 말이 없었다.

종과 다르게 선우는 매사 덤덤한 애였다. 종이 분노하여 온갖 물건을 던지고 부수며 개같이 날뛸 때도 선우는 표정 하나 변하지 않았다. 그냥 쟤 내버려두고 너 할 일 해. 또 저러다가 말 거라고, 괜히 신경 쓰지 말라고 했다. 선우는 종을 중학생 때부터 보아서 그런지, 종이 어떻게 행동할지 잘 알고 있었다. 정말로 선우의 말처럼, 종은 내버려두면 언제 그랬냐는 듯 알아서 화를 풀었다. 선우는 종에게 이미 이골이 나 있는 듯했다.

일단 집에 들어오긴 했는데 딱히 할 일이 없었다.
출출해서 밥이나 먹을까 했다. 냉장고에 마땅히 먹을
게 없어서 라면을 끓였다. 별 볼 일 없는, 아주 적적한
저녁이었지만 그래도 오늘은 술을 마시지 않고
집으로 바로 돌아왔다는 게 뿌듯했다. 그러고 보니
오늘은 담배도 별로 안 피웠고.

나는 라면을 먹으며 유튜브 영상을 봤다. 그냥
눈에 보이는 대로 이것저것. 처음에는 미제 사건
영상들을 보다가 우연히 미국의 좀비랜드 영상을
보게 되었다. 필라델피아의 마약 중독자들을 촬영한
영상이었는데, 뭔가를 먹으며 볼만한 영상은
아니었다. 그래서 한국의 마약 중독자 인터뷰 영상을
보았다. 내 또래의 애들이 나왔다.

우리가 경마에 미치지 않았다면 마약
중독자가 되었을까. 한때 우리는 마약을 가지고
자기 합리화를 했었다. 시발, 그래서 우리가 법을
어기냐? 패가망신시킬 중독자 새끼들이냐? 한국에
약쟁이가 얼마나 많아. 그거에 비하면 우리는
양반이지. 종과 나는 떠들어댔지만, 사실 법만 어기지

않았을 뿐 우리는 패가망신시킬 중독자 새끼들이
맞았다. 무언가에 중독되어 있다는 사실은 다르지
않았으니까. 다만 그걸 스스로 인정하고 싶지 않았을
뿐이다.

멈출 수 없었다. 말이 달리기 시작하면 그 진동이
온몸에 그대로 전해졌다. 멈출 수 없었다. 땅이
요동치는 듯했고, 말굽 소리가 내 심장을 두드리는 것
같았다. 멈출 수 없었다. 경마장 안에 울리는 함성은
내 머리통을 얼얼하게 만들었고, 그 속에서 나도 힘껏
소리를 질렀다. 내가 배팅한 말을 향해, 기진맥진할
정도로, 속이 텅 비어질 정도로. 짜릿했다. 그 말이
앞으로 쭉 나아갈 때, 다른 말들을 추월하고 나아갈
때는 금방이라도 심장이 터져버릴 것 같았다.

나는 내가 또 경마장에 갈까 봐 두려웠다. 보던
영상을 끄고 '경마 중독'을 검색했다. 수많은 영상이
떴다. 영상 속에는 경마 중독으로 가정을 잃고 전
재산을 잃은 사람들이 나왔다. 건강을 잃고 일상을
잃은 사람들이 나왔다. 모자이크 처리된 얼굴 위에 내
얼굴을 붙여놓아도 이상하지 않을 것 같았다. 그건
언젠가 내가 될 수도 있는 모습이었으니까.

서이제

우리가 이 지경이 될 것을 진작 예상하고 있었던 것일까. 선우는 군대를 전역한 이후로 우리와 조금씩 거리를 두기 시작했다. 당시 종은 사회복무요원으로 매일 동사무소에 나가 일을 하고 있었고, 일이 끝나면 우리에게 연락을 했다. 선우는 그때마다 알바를 한다고 했고, 과제를 한다고 했고, 데이트를 한다고 했고, 어쨌든 이런저런 이유로 시간이 없다고 했다. 가끔 시간을 내어 나왔지만 막차가 끊기기 전에 집으로 돌아갔다. 우리와 있는 게 그리 즐거워 보이지 않았다. 반면 나는 종이 부를 때마다 매번 종을 만나러 나갔다. 전역 후 대학에 돌아가고 싶지 않아 이런저런 핑계를 대며 복학을 미루고 있던 터라, 남는 게 시간이었기 때문이다. 거절하기도 좀 그랬다.

그때마다 우리는 주로 종의 집에서 축구를 보거나 플레이스테이션을 하면서 시간을 죽였다. 저녁은 대부분 배달 음식을 시켜 먹었다. 가끔 밖에 나가 국밥이나 제육덮밥을 사 먹기도 했지만, 그냥 집에 죽치고 있는 쪽이 훨씬 편하고 좋았다. 그 무렵 동네 중국집에서 추첨 이벤트를 하고

있어서 짜장면을 많이 시켜 먹었다. 한 번 주문을
할 때마다 무작위 추첨이 이뤄지는 식이었는데, 1등
상품이 고가의 고량주와 위스키였다. 그걸 한번
먹어보겠다고 매일같이 배달을 시켰는데 나중에
생각해보니 그 돈이었으면 그냥 제값 주고 사 먹어도
되었을 것이다. 어쨌든 그래도 3등에 당첨되어
깐풍기를 먹기도 했다.

그러고 보니 우리가 이 지경이 된 건 어느
정도 예상 가능한 일이었는지도 모르겠다. 그나마
선우는 덜했지만, 정말이지, 우리는 하나같이 어릴
때부터 정도를 모르는 놈들이었다. 무언가에 한번
빠지면 정신을 못 차리는, 심지어 무책임하기까지 한
놈들이었다.

나는 우리가 어떤 놈들인지 본 적이 있었다.
새해가 되던 날, 막 성인이 되던 때. 우리 셋은
속초항 어딘가에서 밤새 술을 마시고 뜨는 해를 보며
금연을 결심했다가, 한숨 자고 일어나자마자 언제
그랬냐는 듯 다시 담배를 피웠다. 그때는 뭐가 그렇게
웃겼는지, 역시 우리는 안 될 새끼들이라면서 연기를

뿜어대며 웃었다.

　그것도 모자라서, 해장국을 먹으러 가는 길에는
오락실에 잠깐 들렀다가 인형 뽑기에 눈이 돌았다.
사실 인형 같은 건 관심도 없었고, 뽑힐 듯 뽑히지
않는 상황에 열이 받았을 뿐이었다. 결국 우리는
그곳에서 해장국을 사 먹을 돈을 다 써버렸다.
버스비를 제외하고, 남은 돈으로 편의점 라면을 사
먹었는데 그래도 이게 다 언젠가 추억이 되겠거니
했다. 아마 그때 뽑은 곰인형은 돌아오는 길에
잃어버렸던 것 같다. 그때 버스 안에서 선우는 혼자
허탈하게 웃으며 말했다. 하나같이 등신 새끼들 같아.

　끈기와 노력이 부족했다는 건 인정하지만,
그렇다고 항상 아무런 생각 없이 살았던 건 아니었다.
담배도 끊으려고 해봤고, 놀고먹는 것도 그만두려고
해보았다. 그리 오래 하진 못했지만, 그래도 물류
창고 아르바이트를 했었다. 종과 함께 막노동을 뛴
적도 있었다. 몸이 고되었지만 하루 빡세게 돈을 벌긴
좋았다. 그러다가 갑자기 삶에 회의감이 들어 일을
모두 때려치우게 되었다.

그 무렵부터 우리는 갑자기 피시방을 드나들며
게임에 빠지기 시작했는데, 얼마나 미쳐 있었는지
밥 먹는 것도 까먹을 정도였다. 담배를 피우기 위해
자리에서 잠깐 일어날 때를 제외하고는 의자에서
잘 일어나지도 않았다. 밤인지 낮인지도 모른 채
그곳에 처박혀 시간을 보냈다. 각성 상태랄까.
머리가 무겁고 피곤했지만 잠이 오진 않았다. 점점
온몸의 감각이 무뎌지는 게 느껴졌다. 언제부턴가는
내 의지라기보다 그저 관성에 의해 키보드를
누르고 있는 느낌이었다. 내가 나를 제어할 수 없는
느낌이었는데 그게 나쁘지 않았다. 아니, 오히려
좋았던 것 같기도.

건강이 나빠지는 걸 느꼈다. 종은 담배를
피우다가 침을 뱉었는데 피가 섞여 나왔고, 나는
온종일 속이 쓰려서 헛구역질이 나왔다. 병원에
다녀오면서, 우리는 이제 게임 말고 다른 걸 하자고
했다. 그러니까 게임보다 조금 더 건강하고 유익한
일을, 그러나 그만큼 재미있는 다른 일을. 그
순간 우리가 생각해낸 게 경마였다. 그래, 나가서
콧구멍에 바람 좀 넣고 사람 구경도 하는 거야. 폐인

새끼들처럼 처박혀서 게임만 하지 말고. 피시방은
가까워서 맨날 가게 되지만, 경마장은 가봤자 한
달에 한두 번일 거 아니야. 종이 말했고, 나는 괜찮은
선택이라고 생각했다. 그러나 이제 와 생각하면, 그건
중독을 다른 중독으로 끊는 일이었다.

웬일로 며칠간 종으로부터 연락이 없었는데,
아니나 다를까 딱 일주일이 지나자 다시 연락이
왔다. 술에 취한 것인지, 이미 목소리가 격양되어
있었다. 아무래도 선우 그 새끼, 만나러 가야겠다.
이제 내 연락도 안 받아. 내가 선우였어도 그랬을
것이다. 그런데 대체 이제 와 선우를 만나서 무엇을
하려고 그러지. 이제 종이 선우를 만나 할 수 있는
일은 선우의 대가리를 주먹으로 갈기는 것뿐이었다.
선우 만나서 뭐 하려고? 나는 조금 두려워져 물었다.
대화를 나눠야지. 무슨 대화? 나한테 왜 그랬냐고,
아니, 있어, 하여튼 할 얘기 존나 많아. 이쯤 되니
나는 구태여 종이 내게 전화를 걸어 이 말을 하는
의도가 궁금해졌다. 설마 나더러 같이 가자고 이러는
건가.

선우는 몇 년 전부터 공단에서 일을 하고 있었다.
그것 이외에 우리 알고 있는 사실은 없었다. 그곳에
가더라도 선우를 찾을 가능성은 희박했다. 그나마
다행이었지만, 그럼에도 혹시나 벌어질지도 모르는
일 때문에 나는 마음이 불안해졌다.

영문도 모른 채 종에게 맞은 이후로도, 종이
화를 주체하지 못하는 모습을 꽤 보았다. 화가 났을
때 책상이나 문을 발로 차는 건 기본이었고, 손에
잡히는 대로 물건을 던져 박살 내기도 했다. 한번은
피시방에서 게임을 하다가, 게임이 생각대로 풀리지
않자 마우스를 집어 던져 쫓겨난 적도 있었다.
사장을 죽여버리겠다고 거칠게 욕을 해댔지만,
선우의 말대로 그러든지 말든지 내버려두었더니
금방 잠잠해졌다. 그렇다고 정말 선우처럼 아무렇지
않았던 건 아니었다. 신경 쓰지 않는 척했지만 사실
나는 두려웠다. 심지어 종이 화가 난 게 아니었을
때도 말이다. 어느 겨울날 누군가 운동장에
만들어놓고 간 눈사람을 종이 발로 걷어찼을 때도
그랬다. 종은 머리통이 날아간 눈사람을 보고 깔깔

웃어댔지만, 나는 진심으로 웃을 수 없었다. 종이
언젠가 누군가를 저렇게 만들어버릴까 봐 두려웠다.
그리고 그게 어쩌면 내가 될 수도 있으니까.

그렇게 내심 종을 두려워하면서도, 지금껏 계속
종과 함께한 이유를 스스로도 납득할 수가 없었다.
아니, 어쩌면 두렵기 때문에 계속 함께였는지도
모르겠다. 지금껏 나는 종이 하자는 대로 했고 그의
부탁을 거절한 적이 없었다. 가지는 곳에 갔고 먹자는
걸 먹었다. 아마 종이 매일같이 나를 불렀던 이유도,
나를 만나면 자기 멋대로 행동할 수 있었기 때문일
것이다.

그러나 이제는 종에 대한 두려움보다 내 미래에
대한 두려움이, 그러니까 이대로 종과 계속 같이
다니다가는 내 인생이 바닥을 칠지도 모른다는
두려움이 더 커졌다. 이제는 무슨 수를 써서라도
종에게서 벗어나야 했다. 정말 그러고 싶었다.

종은 어머니 차를 끌고 왔다. 선우를 찾는 데
이렇게까지 해야 하나 싶었다. 뭐야, 얼른 타. 종이
내게 인상을 쓰며 말했고, 나는 조수석에 올라탔다.

종은 인천을 향해 달렸다. 이렇게 된 이상, 또 종이
하자는 대로 할 수밖에 없었다. 지금 여기서 문을
열고 뛰어내릴 수도 없는 노릇이었다.

근데 일은 좀 알아봤어? 착잡한 마음에 내가
물었다. 종은 그동안 기분이 더러워 아무것도
할 수가 없었다고 했다. 네 외삼촌 돈 갚아야
하잖아. 우리도 빨리 일을 구해야지. 고작 그게,
내가 종에게 할 수 있는 가장 냉정한 말이었다.
그런데 막상 말을 뱉고 보니 종이 더럭 화를 낼까
봐 긴장이 되었다. 나는 시선을 창밖으로 돌렸다.
허허벌판뿐이었다. 그래야지, 나도 알아. 다행히 종은
차분하게 대꾸했다. 그런데 일단 선우부터 만나고,
걔 만나서 풀기 전까지는 아무것도 못 해. 도대체
둘 사이에 풀고 말고 할 게 뭐가 더 남아 있다는
건지 알 수 없었다. 이대로 끝난 거 아닌가. 서로
그렇게 개지랄을 했는데. 또 나는 무슨 자격으로
뻔뻔하게 선우의 얼굴을 다시 본단 말인가. 솔직히
나는 선우에게 미안하다는 말밖에 할 말이 없었다.
우리가 네 돈 떼어먹으려고 그랬던 건 아니야. 우리가
잠깐 경마에 미쳐서 그만. 그런 말은 덧붙이고

싫지도 않았다. 차는 계속 달리고 있었고, 무언가 되돌리기에는 이미 늦은 것 같다는 생각이 들었다. 어떻게든 되겠지, 시발.

공단에 도착했을 때는 정오가 조금 넘어서였다. 좁은 길을 사이에 두고 각종 업체와 공장이 줄지어 있었다. 점심시간이라서 그런지 골목마다 사람들이 삼삼오오 모여 걷고 있었다. 종은 그들을 지나쳐 골목을 살폈다. 도대체 이 넓은 곳에서 선우를 어떻게 찾겠다는 건지. 이래서 되겠어? 우리는 아는 것도 없는데. 종은 언젠가 인스타에서 선우가 일터에서 찍은 사진을 본 적이 있다고 했다. 종은 지금 기억 속에 어렴풋하게 남은 그곳을 찾아 헤매는 듯했다. 그 근방에 있으면 찾을 수 있겠지.

찾을 수 없을 줄 알았는데, 얼마 지나지 않아 종은 사진 속에서 본 장소를 찾아냈다. 저기다, 저 빨간 건물. 종은 근처에 차를 세웠다. 건물이 밀집되어 있어, 선우가 저 빨간 건물에서 일을 하는지 그 주변 다른 건물에서 일하는지는 알 수 없었다. 어쨌든 그곳에서 우리는 언제 나타날지도 모르는 선우를 기다렸다. 마치 잠복근무를 하는 형사가 된 것 같았다.

그리고 그 짓을 이틀 내내 했다. 첫날 허탕을 친 우리는 다음 날 또 그곳에 갔다. 아침부터 나가 있었는데도 선우를 찾을 수 없었다. 그저 출근길 풍경만 보았을 뿐이었다. 골목 안으로 차들이 한 대씩 들어오기 시작하더니, 어느새 회사 주차장마다 차가 채워졌다. 차에서 내리는 사람들 중에는 우리 또래도 있었고 나이가 지긋한 분들도 있었다. 누군가는 피곤에 찌든 얼굴로, 누군가 잠이 덜 깬 얼굴로, 또 누군가 머리를 덜 말린 채로 뛰어갔다. 이따금 활기차 보이는 사람들도 있었다. 우리가 매주 경마장으로 향하던 때에도 이들은 매일 이렇게 출근을 하고 있었을 것이다.

걷기도 좋은 날씨였고, 경마장 주변으로 벚나무도 피어 있었다. 젊은 연인들도 있었고 중년 부부도 있었다. 데이트를 하기에도 좋은 곳이었다. 이곳에 다닌 지 꽤 오래된 듯한, 나이 지긋한 어르신들도 있었고, 그냥 한번 경험 삼아 놀러 온 우리 또래 애들도 있었다. 우리는 경마 잡지를 손에 든 아저씨들을 따라 경마장 안으로 들어갔다.

마권을 구매하기 위해서는 OMR 카드를 작성해야 했다. 경주시행요일, 경주번호, 승식을 선택해야 했다. 승식은 총 일곱 가지가 있었는데, 사실 뭐가 뭔지 정확히 알 수가 없었다. 단승식하고 연승식은 알겠는데. 아니, 그래서 복승식이랑 쌍승식 차이가 뭐야. 삼쌍승식은 또 뭐고. 우리는 안내문을 읽어가며 OMR 카드를 작성했다. 일단 그냥 아무거나 찍어. 경기 방식을 제대로 이해한 상태는 아니었지만, 그래도 신중하게 찍었다. 마치 로또를 긁는 것 같기도 했고, 수능을 다시 보는 것 같기도 했다. 뭔지는 모르겠지만 그냥 우리 존나 무식해 보여. 종이 말했고, 나는 그걸 이제 알았느냐고 했다.

그렇게 첫판을 참여하고 돈을 잃었다. 아, 이렇게 하는 거구나. 돈은 잃었지만 경마가 어떤 것인지 조금 알게 되었다. 이후 우리는 돈을 잃으며 경마에 대해 알아갔다. 돈을 잃을 때마다 무언가 조금씩 배워가는 느낌이었다.

이게 그냥 막 하는 게 아니구나. 경기 시작 전에

기수와 말의 상태를 확인해야 한다는 것도 알게
되었다. 말의 상태를 볼 수 있는 장소도 있었다. 이게
머리를 꽤 써야 되는구나. 우리는 머리를 쥐어뜯었다.
돈을 따려면 배당률도 생각해야 했다. 경마지를
참고하면 도움이 된다는 것도 알게 되었지만, 그게
전부는 아니었다. 예상이 빗나가기를 몇 차례.
결국에는 운이 필요하다는 것도 알게 되었다.

그때는 운이 좋았다고 생각했는데, 이제 와
돌이켜보면 우리는 정말 운이 나빴다. 종이 한 번에
3백만 원을 땄다. 그다음에는 내가 한 번에 5백만
원 가까이 땄다. 이게 도대체 어떻게 된 일인가
싶었지만, 그런 걸 깊게 생각할 시간이 없었다.
우리는 우리의 예상이 적중했던 그 순간, 우리가
배팅한 말이 차례대로 결승선을 통과하던 바로
그 순간. 온몸에 소름이 돋았던 것을, 눈물이 와락
올라왔던 것을, 그 느낌을 평생토록 잊을 수 없을
듯했다. 우리는 쌍욕을 하며 서로 격하게 껴안았다.
그날 이후, 우리는 계절감을 잃었다. 작년 내내 매주
경마장에서 마주친 사람들이 있었는데, 누군가는
우리를 보고 그렇게 생각했을 것이다.

서이제

이 새끼 혹시 밤에 일하는 거 아니야? 셋째 날,
종은 밤새 선우를 기다려보자고 했다. 이틀 내내
선우가 보이지 않은 건 이상한 일이라고 했다. 나는
종이 제발 그만해주기를 바랐다. 하, 이래서 되겠냐.
그냥 다른 방법을 찾는 게 나을 듯. 종은 그래도
오늘까지만 기다려보자고 했고, 그 말에 나는 또 어쩔
수 없이 고개를 끄덕였다. 나 자신이 등신 같았다.
야, 근데 선우한테 아직도 답장 없어? 종은 선우가
자신의 연락만 받지 않는다고 생각했는지, 선우에게
연락을 해보라고 끊임없이 나를 닦달했다. 아마
이러려고 나를 여기까지 끌고 왔을 것이다. 응, 없어.
내가 연락하면 뭐가 다르냐. 네 연락만 안 받는 거
아니야. 우리 둘 다 차단했겠지, 뭐. 종은 잠시 말이
없다가, 담배나 한 대 피우고 오겠다고 했다.

　　종은 주차된 차 앞에서 담배를 피웠다.
어슴푸레한 저녁, 각자 집으로 돌아가는 공단
사람들을 유심히 바라보면서. 종이 담배를 다 피울
때까지, 나는 차창을 통해 그 모습을 지켜보았다.
종은 지금 무슨 생각을 하고 있을까. 무슨 할 말이 더

남았다고 저러는 걸까.

　　새벽 내내 기다렸지만 역시나 선우를 만날
수 없었다. 동이 틀 시간이 다가오자, 종도 이제는
포기를 한 모양이었다. 졸려, 시발. 잠이나 자다가
가자. 종은 좌석을 뒤로 젖혀 등을 돌리고 누웠다.
나도 잠을 청해보았지만 너무도 피로하여 오히려
잠이 오지 않았다. 눈만 감은 채 자는 척을 했다.
　　그런데 얼마 지나지 않아, 종이 갑자기 훌쩍이기
시작했다. 그러다가 자기 분을 이기지 못해 나지막이
욕을 섞기도 하면서. 그런 종이 불쌍하게 느껴지진
않았다. 나는 종이 선우에게 느낀 감정을 영원히
이해하지 못할 것이다.
　　시발, 그런데 나 지금 여기서 뭐 하고 있는 거야.
갑자기 마음속 깊은 곳에서 무언가 치밀어 올랐다.
도망치고 싶었다. 당장이라도 그러고 싶었다. 이
상황으로부터, 종으로부터. 언젠가 선우가 허탈하게
웃으며 했던 말이 떠올랐다. 하나같이 등신 새끼들
같아. 우는 종이나 그런 종에게 끌려온 나 모두
등신 새끼들이었다. 언제까지 이러고 살아야

하는 걸까. 같은 공간에 있다는 사실에 숨이 막힐
지경이었다. 나는 종이 잠들기만을 기다렸다.

차에서 내렸다. 공기가 찼다. 깊게 숨을 들이쉰
다음, 천천히 걸었다. 그리고 골목을 돌자마자 달리기
시작했다. 종은 분명 차 안에 잠들어 있었지만,
혹시라도 종이 내 뒤를 쫓아올까 두려웠다. 지금
이대로 가버리면 곧바로 종이 나를 찾으러 올지도
모른다. 선우를 찾아 여기까지 왔던 것처럼 그럴지도
모른다. 그때 왜 자기를 두고 갔느냐고, 화를 내면서
내 머리통을 갈길지도 모른다. 왠지 모르게 종을
배신하는 기분이 들었다.

앞으로 일이 어떻게 될지 모르겠다. 내가 어떻게
하면 좋을지도 잘 모르겠지만, 그때 일은 그때 가서
생각하자 했다. 우선 나는 이곳을 벗어나기 위해
온 힘을 다해야 했다. 나는 큰길가로 나가 택시를
잡았다. 돈 한 푼 없었지만 일단은 그렇게 했다. 가는
길에 부모님에게 전화를 걸었다. 어슴푸레 동이
터오고 있었다.

다 커서 군대까지 다녀온 아들이 이른 아침
택시비를 내달라고 전화를 하다니, 불효자가 따로
없었다. 엄마는 잠옷 차림으로 나와 택시비를
지불했다. 이게 도대체 무슨 일이냐고 물었지만, 나는
그냥 죄송하다고만 했다. 엄마는 더 이상 내게 묻지
않았다. 엘리베이터에서 한 마디도 하지 않았다. 집에
들어가자 아빠는 내게 화를 냈다. 정신 나간 새끼라고
했다. 다 맞는 말이었기 때문에 대꾸하지 않았다.
나는 곧장 방으로 가 문을 닫았다.

부모님은 여느 때처럼 가게 문을 열기 위해
아침 일찍 집을 나섰고, 나는 그제야 거실로 나왔다.
예상했던 대로, 종에게 전화가 왔고 받지 않았더니
욕설이 담긴 문자를 보내왔다. 나는 조만간 돈은 꼭
갚겠다고 답장을 한 뒤, 종의 연락처를 차단했다.
종은 내가 몇 동 몇 호에 사는지는 몰라도 어느
아파트에 사는지는 알고 있었다. 나는 베란다로 나가
단지를 내려다보았다. 종이 단지 어딘가에 숨어
나를 기다리고 있을까. 도망쳤는데 오히려 집 안에
갇혀버린 기분이 들었다.

서이제

집에서 하루 종일 하는 일이라고는 휴대폰으로 영상을 보는 것뿐이었다. 나는 스크롤을 내리며, 눈앞에 보이는 것들을 닥치는 대로 보았다. 해외여행 브이로그나 고기 굽는 영상을 보았다. 카푸어의 인터뷰나 고가 운동화 언박싱 영상을 보았다. 문신 제거 영상을 보았다. 각종 범죄 소식을 접했다. 사이코패스 범죄부터 원한 살인까지. 모조리 사형시키라는 댓글도 보았다. 모르는 사람들끼리 서로 욕하며 싸우는 댓글도 보았다. 그걸 보다 보면 사는 게 지겨워졌다. 그래서 야구를 보다가, 새벽이 되면 축구를 보았다. 어릴 적 부모님이 가게에 나가면 나 혼자 집에서 하루 종일 텔레비전을 봤던 것처럼. 어릴 때나 지금이나 달라진 게 아무것도 없는 듯했다.

이러고 있을 때가 아닌데. 내가 지금 이러고 있을 때가 아닌데. 이제 나는 일을 구해야 했고 돈을 벌어야 했다. 종의 외삼촌에게 빌린 돈을 갚아야만, 비로소 종과의 관계를 끝낼 수 있을 것이다. 그러나 나는 마주한 현실로부터 도망치려는 듯, 영상에서 눈을 떼지 않았다.

　　　　　　　더 멀리 도망치기

화장실에 가려고 방에서 나왔는데, 식탁에 돈이 놓여 있었다. 5만 원권 세 장. 어느 날 갑자기 몇 날 며칠 방에서 나오지 않는 아들이 불쌍했는지, 그날 정신 나간 새끼라고 말했던 게 마음에 걸린 것인지, 제발 밖에 나가서 바람 좀 쐬고 오라는 쪽지도 있었다. 아빠가 남긴 것이었다.

집 안은 텅 비어 있었다. 적막했다. 나는 5만 원권 세 장을 집어 들었다. 그러자 갑자기 심장이 빠르게 뛰기 시작했다. 아빠 말처럼, 역시 나는 정신 나간 새끼다. 마지막으로 딱 한 번, 정말로 딱 한 번만. 어차피 15만 원밖에 안 되잖아. 딱 이만큼만, 정말 딱 이만큼만. 나는 얼른 발코니로 가 단지를 내려다보았다. 이번에는 종이랑 같이 가는 것도 아니니까, 또 그 새끼한테 끌려다니지 않을 거니까. 왠지 모르게 이번만큼은 스스로 절제할 수 있을 것 같다는 생각이 들면서, 마지막으로 딱 한 번만 더 하고 싶었다.

그러고 나서 다 잊을 것이다.
새롭게 시작하기 위해서 전부 다 잊을 것이다.

그러니 딱 한 번만.

그 순간만큼은 다 잊었다. 모조리 잊었다. 지금껏
있었던 일들도, 앞으로 내가 해야 할 일들도. 나는
오직 달리는 말에만 집중했다. 멈출 수 없었다.
시간이 어떻게 흘러갔는지 잘 모르겠다. 어느새
저녁이 되었고, 돌아오는 길에 몇 푼 남은 돈으로
술을 사 먹었다. 사실 자학이었다. 도무지 좋은
쪽으로는 갈 데까지 갈 수 없어서 방향을 틀어, 갈
데까지 가려는 것. 어차피 나는 또 경마를 했고
이렇게 오늘 하루를 다 망쳤으니, 조금 더 확실하게
망가지고 싶었다. 나는 어느 쪽으로든 확실해지고
싶었는지도 모르겠다.

술에 취한 탓인지, 오랜만에 경마장에 다녀온
탓인지, 머릿속에 말굽 소리가 울리기 시작했다.
골목으로 접어들자 그 소리는 점점 더 커졌다. 땅이
울리는 게 느껴졌고, 나는 두려움이 몰려와 순간 몸을
웅크렸다. 내가 멈추자 그 소리도 함께 멈췄다.

적막한 거리에서 등골이 오싹해지는 것을
느꼈다. 조심스럽게 뒤를 돌아보니 골목에 말

한 마리가 서 있었다. 가로등 불빛 아래서, 나를 멀뚱멀뚱 쳐다보면서. 그 모습이 너무도 생생해서 나는 그 자리에서 그대로 얼어버렸다. 움직일 수 없었다. 내가 힘겹게 눈을 감았다가 뜨자, 말은 움직이기 시작했다. 그리고 이내 내 시야에서 사라졌다. 더 이상 말굽 소리도 들려오지 않았다.

어제 내가 본 것이 꿈인지 생시인지 정확히 알 수 없었다. 머리가 깨질 듯 아팠다. 내가 어제 또 술을 마셨구나. 또 경마장에 갔구나. 불효자 새끼, 정신 나간 새끼, 역시 너는 안 될 새끼다. 나는 자책하며, 습관적으로 휴대폰을 들었다.

딱히 보고 싶은 게 있는 건 아니었다. 별생각 없이, 무의미하게, 스크롤을 내렸다. 새로 태어나는 아이가 없고, 일할 사람이 없다는 뉴스 섬네일이 보였다. 누르지 않고 지나쳤다. 그러다가 새로 뜬 뉴스를 보았다. 동물원에서 말이 탈출했다는 소식이었다. 자료 화면으로 해당 동물원 영상이 나왔는데, 얼마 전 종과 함께 갔던 그곳이었다. 그러니까 하루 종일 늘어지게 잠만 자던 사자 무리와

서이제

무의미하게 같은 행동을 반복하고 있는 늑대가 있던 그 동물원.

그곳을 탈출한 말은 도심을 활보하고 다녔다. CCTV에 찍힌 말은 겁에 질린 모습이었다. 사방을 두리번거리면서, 그러다가 또 우왕좌왕거리면서. 자기 발로 도망쳐 왔지만, 그럼에도 자신이 어쩌다가 여기까지 오게 되었는지 모르고 있는 듯했다. 어디로 가야 할지도 모른 채 그저 달리고 있었다. 행인과 자동차를 앞질러 갔지만 목적지가 있어서 그런 건 아니었다. 어디로 가든 잘못된 길이었다. 그리고 잘못 들어선 길에서 나를 만났을 것이다.

또 다른 영상은 시민이 촬영한 것이었는데, 시민들의 웃음소리가 함께 녹음되어 있었다. 말이 이리저리 달리는 게 웃겼는지 여기저기서 킥킥거리는 소리가 들렸다. 마치 말을 비웃듯. 나는 그 말로부터 눈을 뗄 수가 없었다. 멍청한 새끼, 그러니까 왜 기어 나왔어. 나는 다른 영상을 더 보려고 스크롤을 내렸다.

또다시 닥치는 대로 보게 될 것이다.

더 멀리 도망치기

영상이 미끄러져 내려갔다.

오늘은 나가지 않을 예정이었다.

손보미

2009년 21세기문학 신인상과 2011년『동아일보』
신춘문예를 통해 작품 활동을 시작했다. 소설집
『그들에게 린디합을』『우아한 밤과 고양이들』
『사랑의 꿈』, 짧은 소설『맨해튼의 반딧불이』,
중편소설『우연의 신』, 장편소설『디어 랄프 로렌』
『작은 동네』『사라진 숲의 아이들』등이 있다.
2012·2013·2014·2015 젊은작가상, 한국일보문학상,
김준성문학상, 대산문학상, 이상문학상,
김승옥문학상을 수상했다.

빚

그녀는 대학 병원의 간호사로 12년째 근무
중이었는데 한결같이 자신의 일을 사랑했다.
동료들이 업무에 대한 불만을 털어놓을 때에도
그녀는 절대 동참하지 않았다. 그 어떤 자잘한 실수도
한 적이 없었고, 병원 안에서 벌어지는 소문에
쓸데없는 관심을 기울인 적도 없었다. 결코 서두르는
법이 없었지만 필요한 때에는 다른 누구보다
재빨랐다.

　한 달에 한 번씩 근무표를 짤 때에 특정 날짜를
휴일로 요청한 적도 거의 없었다. 크리스마스나
새해 첫날, 명절 출근을 배정받았을 때에 이의를
제기하거나 갑작스러운 호출에 불평을 한 적은 아예
없었다. 가끔, 동료들이 부탁을 할 때가 있었다.
'개인적 용무'로 쉬는 날을 바꾸어달라고. 그럴
때마다 그녀는 주머니에 두 손을 집어넣고 약간은

소심한 태도로 조심스러운 미소를 지으며 되물었다.
"아, 나도 내 개인 스케줄을 확인해봐야 확답을 할
수 있을 것 같아. 그런데, 이유가 뭐야?" 이유를
다 듣고 나서야 그녀는 휴대폰을 꺼내 스케줄을
확인했다. 그러고는 고개를 끄덕이며 조용한
목소리로 대답했다. "바꾸어줄게." 항상 그런 건
아니었다. "어떡하지. 이날 내가 일이 좀 있네"라고
대답할 때도 있었다. 거절당한 당사자보다 그녀
자신이 더 안타깝다는 표정을 지으면서. 일이 있다는
말은 거짓이었고, 안타까운 마음은 진심이었다.
동료의 사정이 자신을 움직이지 못한 게 그녀는 너무
안타까웠다. 그녀의 기준에는 일관성이 없는 것처럼
보였다. 똑같은 이유라도 어떨 땐 승낙했고, 어떨 땐
거부했다. 하지만 그녀는 그게 절대 마구잡이라고
여기지 않았다. 논리적으로 설명할 수 없을 뿐,
자신에게는 분명한 원칙이 있다고 믿었다. 안타까운
마음조차 들지 않을 때도 있었다. 일정을 바꾸어야
하는 이유를 밝히려고 하지 않거나 그냥 얼버무리는
경우 혹은 조금이라도 자신의 상황을 꾸미려는
시도가 느껴질 때마다 그녀는 미안해서 견딜 수

손보미

없다는 듯이 조그만 목소리로 "아, 그날 내가 일이 있네"라고 했지만, 마음속으로는 그런 사람들이 이상하다고 생각했다.

얼마 전 갑작스럽게 어머니가 돌아가셨다는 소식을 들었을 때, 그녀는 충격과 슬픔에 사로잡힌 와중에도 상급자에게 자신의 사정을 얼마나 밝혀야 하는지 고민했다. 그러기 싫어서가 아니었다. 복잡했기 때문이다. 이를테면 어머니의 장례식은 일본에서 치러질 예정이었다. 그녀가 일곱 살 때 아버지가 사고로 사망한 후, 그녀와 그녀의 어머니는 친할머니와 함께 살았다. 그러다가 어느 날—그녀가 열다섯 살이던 해에—갑자기 어머니가 일본인과의 재혼을 알렸다. 그녀에게 일본으로 함께 가자고 했지만 그녀는 서울을 떠날 수 없었다. 할머니 때문이었다. 그녀는 어머니가 재혼을 포기하길 바랐지만(그리고 실제로도 그렇게 이야기했다), 그런 일은 일어나지 않았다. 일본으로 떠난 후에도 어머니는 그녀에게 자주 연락을 했고, 1년에 두어 번씩은 서울에 들렀다. 그녀가 스물두 살이 되던 해에 어머니가 출산(딸을 낳았다)을 하고 나서는

빛

정기적으로 서울에 오는 게 힘들어졌다(할머니의
장례식 때도 어머니는 한국에 오지 못했다). "동생
보러 여기로 와." 수화기 너머에서 어머니가 말할
때마다 그녀는 알겠다고 대답했지만, 결국 한 번도
가지를 못했다. 일부러 그런 게 아니었다. 시간이
없었다. 어머니를 마지막으로 만난 건 5년 전이었다.
마지막으로 통화를 한 건 언제인지 잘 기억이 나지
않았다.

　　하지만 그녀가 상급자에게 모든 걸 다
털어놓을 필요는 없었다. 어머니가 일본에서 살다가
돌아가셨다고, 장례식에 참석해야 할 것 같다는
이야기를 꺼내자마자, 상급자는 그녀의 손을 가볍게
잡으며 위로의 말을 건넸다. 그러고는 (무려) 엿새
간의 휴가를 쓸 수 있도록 배려해주었고 동료들에게도
알렸다. "슬픔은 나눠야 줄어드는 거야." 그녀는
사람들로부터 (꽤 많은 액수의) 부의금을 받았다.

　　그녀는 일본에, 어머니의 장례식에 가지 못했다.

　　처음부터 그럴 계획은 아니었다. 집으로 돌아온
그녀는 곧바로 짐을 싸고 가장 빨리 떠날 수 있는
비행기표를 샀다. 그런데 떠날 준비를 다 하고 나자

갑자기 잠이 쏟아졌다. 잠깐만 자려고 했을 뿐인데 눈을 떠보니 이틀이 지나 있었다. 방 한구석에 우두커니 놓여 있는 캐리어를 보고 그녀의 가슴이 쿵 하고 내려앉았다. 급하게 다시 비행기표를 알아보았지만, 돌아오는 날짜를 도저히 맞출 수가 없었다. 장례식은 이미 끝났을 터였다. 장례식, 어머니의 장례식을 놓쳐버린 것이다. 이제 와서 일본에 간다 한들 그녀가 할 일이나 해야 할 일은 없었다. 어머니의 남편이나 어머니의 딸을 만나고 싶은 생각도 없었다. 그들에게 악감정이 있어서가 아니었다. 그런 건 절대 없었다. 다만 그들을 만나서 무얼 한단 말인가? 대화도 잘 통하지 않을 텐데. 어머니의 부고를 알린 건 어머니의 남편이었는데, 놀랍게도 그는 한국어를 하나도 할 줄 몰랐다. 그는 떠듬떠듬 서툰 영어로 소식을 전했다. 쉽고 단순한 표현을 사용했기 때문에 오히려 그의 말을 잘 알아들을 수 있었다. 그는 그녀의 어머니가 폐암으로 세상을 떠났는데, 지난 3년 동안 투병을 했다고 말했다. 그녀는 어머니가 병에 걸린 줄도 몰랐다. 3년 동안 투병을 했다면 딸인 자신에게 알렸어야 하는 게

빛

아닌가? 그녀는 기가 찼다. 왜 알려주지 않았느냐고
묻자, 한참 후에 그가 떠듬떠듬 영어로 대답을
했다. "돈 비 새드, 유어 마더 윌 비 와칭 유 프롬 더
스카이." 그리고 덧붙였다.

"포에버."

일본에 가는 것을 포기한 그녀는 싱크대 앞에
서서 우유에 시리얼(집에 먹을 만한 게 그것밖에
없었다)을 말아 먹기 시작했다. 그러는 동안 내내
어머니를 생각했다. 어머니는 죽기 전에 자식인
내가 보고 싶지 않았던 걸까? 왜 진작에 병을 알리지
않았을까? 병에 걸렸다는 사실을 왜 숨긴 걸까?
쓸데없는 생각이라는 건 알고 있었다. 생각의 내용
자체가 쓸데없는 건 아니었다. 충분히 궁금해할
만했다. 당연했다. 죽은 사람은 그녀의 어머니였고,
그녀는 어머니의 딸이었으므로. 하지만 그건 이미
끝난 일이었다. 이제 와서 바꿀 수 있는 사항은
아무것도 없었다. 그녀는 시간 낭비는 하기 싫었다.
되돌릴 수 없는 것에 대해서 생각하기가 싫었다. 결국
그녀는 시리얼을 반도 먹지 못했다. 우두커니 서 있던
그녀는 일을 시작한 이래로 이렇게 긴 시간이 주어진

손보미

게 처음이라는 사실을 떠올렸다. 심장이 뻐근해지는 듯한 기분(물론 그녀는 심장이 뻐근해질 수 없다는 걸 알고 있었다), 무언가 뭉근한 기운이 혈관을 타고 신체 말단까지 퍼져나가는 것 같았다.

평소 쉬는 날 그랬던 것처럼, 이런저런 웹 사이트를 돌아다니고, 즐겨 보던 OTT 드라마를 재생시켰지만 그녀의 머릿속에는 여전히 어머니에 대한 생각들이 무질서하게 떠돌고 있었다. 마치 연기처럼, 어디로 어떤 식으로 퍼져나갈지 알 수 없는 연기처럼. 자신을 저버리고 남자를 따라 이국으로 떠나버렸지만, 그녀는 어머니를 그다지 원망해본 적이 없었다. 사춘기 이후로는 확실히 그랬다. 사춘기, 그 단어를 떠올리면 그녀는 약간 끔찍한 기분이 들었다. 할머니와 단둘이 산다는 사실이 알려질까 봐 전전긍긍했던 시절. 지금 돌이켜보면 그런 게 뭐 대수라고 그렇게 안달복달했는지 모를 일이었다. 아니다. 이제 그녀는 알았다. 그 모든 건 호르몬의 농간이었다. 어떤 감정들은 과장되고 어떤 감정들은 지나치게 축소되고 무시되었다. 별것도 아닌 사실들이나 감정들이 너무 많은 것에 영향을

빛

끼칠 수 있었다. 고등학교 2학년 때 그녀는 딱 한
명의 친구에게만 그 사실을 털어놓았다. 아, 그랬지.
맞아, 그랬었지. 유하나, 그게 그 친구의 이름이었다.

2년 전 동창들에게 유하나의 소식을 물어본 적이
있었다.

"유하나, 어떻게 지내? 전화번호 알 수 있어?"
그때 그녀는 유하나에게 연락을 할 생각이었다.
그래야 했다. 동창 중 한 명이 유하나의 연락처와
소식을 알려줬는데, 이혼을 하고, 다니던 회사를
그만두고, 한동안 두문불출하다가 유튜브를
시작했다는 것이었다. 그 말을 들은 날 밤, 그녀는
유하나의 브이로그를 찾아 보았다. 스무 개 정도
되는 영상, 127명의 구독자, 두 자리의 조회 수.
영상을 클릭하지는 않았다. 그녀는 유하나에게
연락을 할 생각을 접었다. 그 후로는 유하나를
까맣게 잊어버렸는데, 2년 만에, 어머니에 대한
생각이 유하나에게까지 다다른 것이었다. 어떻게
그럴 수가 있지? 유하나가 유튜브 채널을 계속
운영하고 있을 것 같지는 않았다. 구독자가 특별히
늘었거나 조회 수가 증가했을 것 같지도 않았다. 그런

손보미

식으로 일상을 올리는 브이로그는 너무 흔했으므로, 유하나의 브이로그를 특별히 찾아서 보는 사람들이 있으리라고는 생각되지 않았다.

그녀는 유튜브 검색창에 유하나의 채널명을 입력해보았다.

"하나의 완전한 삶"

세상에, 유하나의 채널은 여전히 살아 있었다. 아니다, 살아 있다,라는 표현으로는 부족했다. 구독자 수는 3만 4천여 명으로 늘어 있었고, 영상 조회 수는 3~4만 회 정도였다. 가장 최근 영상은 이틀 전에 올라온 것이었다. 삶을 바꾸어주는 하나의 레시피,라는 제목이었다. 그녀는 영상을 클릭했다. 모든 것이 깔끔하게 정리된 커다란 부엌, 조리대와 싱크대가 갖추어진 오렌지색 아일랜드 식탁, 깔끔하게 뒤로 묶은 검은 머리와 화장기 없는 하얀 얼굴, 색깔이 들어간 매니큐어를 바르진 않았지만 잘 정리된 손톱, 바질, 딜, 타임 같은 허브들, 색색의 방울토마토와 샬롯, 그라나파다노치즈, 엑스트라버진올리브오일, 발사믹식초, 원목 도마, 치즈 슬라이더…… 거실은 아주 넓었고, 작은 먼지 한

139

툴 없는 것 같았다.

　　그녀는 그냥 손이 가는 대로 다른 영상
(「텃밭에서 바질과 루꼴라 키우고 요가하고 산책하는
일상」)을 클릭했다. 통창 너머로 잘 꾸며놓은 정원이
있었다. 햇살이 집 안에 기다랗게 띠를 만들었다.
하얀 벽과 초록색 식물, 햇살. 유하나는 넓은 챙이
달린 모자를 쓰고 헐렁한 티셔츠와 반바지를 입고
있었다. 영상 속의 모든 것이 그림 같았다. 집, 정원,
가구, 햇살, 유하나의 표정에 깃든 이루 말할 수 없는
편안함과 평화로운 분위기, 그 모든 것이. 유하나의
아들이 등장하는 영상도 (제법) 있었는데 아이의
얼굴을 완전히 공개하지는 않았다. 아마도 올해
다섯 살이 되었으리라. 아이는 조잘조잘 끊임없이
제 엄마에게 말을 걸었다. 다른 영상(「정원에서
혼자만의 애프터눈티 즐기기, 내가 운동을 꾸준히
하는 이유」)도 봤다. 또 다른 영상(「이케아에
다녀와서 가구 조립하는 일상, 내가 농부 시장에
가고 유기농 식재료를 지향하는 이유」)도. 영상 속
유하나는 각종 공구를 아주 능숙하게 다루었고, 가구
조립을 정말 잘했다. 그리고 또 다른 영상(「마음이

　　　　　　　　　　　　　　　손보미

복잡해질 때 내가 하는 것들, 드립커피 내리기, 꽃
시장 갔다 오기, 로얄코펜하겐 그릇 언박싱」)을……
그런 식으로 그녀는 집에 머무는 동안 유하나가 지난
2년 동안 올린 백여 개의 영상을 모두 보았다.

휴가를 마치고 돌아온 뒤, 시간이 좀 지났을 때,
그녀는 동료들에게 유하나의 브이로그를 보여주었다.
"최근에 알게 된 채널인데, 그냥 보고 있으니까
마음이 편해지더라고요?"
물론 진심이 아니었다. 그저 유하나의 댓글
중 하나를 따라 말한 것뿐이었다. 동료 한 명이,
그녀에게는 그런 위로거리가 마땅히 필요하다는 듯
어깨를 두드렸다. 그러자, 순식간에 어떤 분위기가
형성되었다. 그녀가 복귀한 이후로 빈번하게
벌어지는 일이었다. 최근에 그녀는 전에 없이
산만해졌고, 자잘한 실수들이 이어졌으며, 지시를
되묻는 일이 많아졌다. 그로 인해 벌어지는 안
좋은 상황들이 있었다. 하지만 아무도 그것에 대해
대놓고 말하지 않았다. 그들은 그녀에게 아무것도
묻지 않았다. 마치 자신들이 너무 너그러워서 그런

빛

사정에 처한 그녀에게 얼마든지 인내심을 발휘할 수 있다는 듯이. 그녀에게 휴무 날짜를 바꾸어달라고 요청하는 경우도 사라졌다. 물론 그녀는 동료들이 자신을 배려해주려고 노력하는 중이라는 사실을 알고 있었다. 하지만 가끔 그녀는 묘한 불쾌감을 느꼈고, 자주 불안해졌다. 자신이 가지고 있던 신체 기관 하나가 영원히 퇴화한 것 같은 기분이 들었기 때문이었다.

가장 어린 후배가 그녀의 휴대폰 속 영상 제목을 살피다가 "랜선 집들이"라는 제목을 클릭했다. 나머지 사람들은 옹기종기 모여서 그 영상을 함께 보았다. 절반쯤 본 후 영상을 중지시킨 어린 후배가 말했다.

"와, 저도 이렇게 살고 싶어요. 진짜 여유로워 보인다."

"완전 미니멀리즘의 극치다, 진짜."

얼마 전 결혼을 한 동료가 말을 보탰다.

"접시랑 커트러리, 조리 기구들 저런 거 엄청 비싼 거예요."

"근데 이렇게 큰 집 청소를 어떻게 해? 우리 집은

손보미

진짜 좁은데도 더러워서 발 디딜 틈이 없는데."

그들 사이에 작은 웃음소리가 퍼져나갔다.

"청소해주는 사람이 있겠지?"

"아니요, 이거 보세요. 자기가 다 한대요."

"실제로 이렇게 사는 사람이 어딨어요. 맨날 하는
일이 요가, 명상에다 식물 기르고, 음식 만들고. 집은
무슨 모델하우스처럼 먼지 하나 없고…… 어떻게
이렇게 살아요? 이런 건 다 연출하는 거야."

"선배님, 유튜버도 직업이에요. 이렇게 일상을
찍어 올리는 거, 엄청 어려운 일이라고요."

"이 정도 조회 수면 돈을 얼마 정도 벌지?"

"한 달에 3백만 원 정도?"

"에이, 너무 적은 거 아니야?"

"사실 나도 잘 몰라. 그냥 막 말한 거야. 근데
이런 걸 올리고 3백 벌면 엄청 많이 버는 거지!"

또다시 퍼지는 웃음소리들.

"근데 난 이런 거 왜 보는지 모르겠더라. 다른
사람이 사는 거 엿보면 뭐 좋아?"

그 말에 다른 동료들이 핀잔을 줬다. 마치
자신들이 (다른 사람이 사는 걸 엿보는) 그녀를

빛

대변해야 한다는 듯이. 기꺼이 그런 역할을 맡겠다는
듯이. 그녀는 마음이 불편해졌지만 잠자코 있었다.

"다른 사람 일상 보면서 위로도 받고 그러는
거지. 그리고 엿보는 것도 아니잖아? 보라고 올리는
건데."

"물론 그럴 수 있죠. 그런데 제 말은, 이런 영상은
속임수라는 거예요. 자기의 일상을 다 보여주는 것
같지만 선택적으로 보여준달까."

여전히 자신의 입장을 고수하고 있지만, 말투는
이미 변명조였다(그녀는 그 말투 때문에 또다시
짜증이 났다). 다른 누군가가 (일부러) 쾌활하게
말했다.

"그냥 재밌지 않아요? 저는 보고 있으면
재밌던데. 뭐랄까, 나도 언젠가는 저렇게 살 수
있겠지? 이런 생각하면서."

"카메라에 담기는 공간이랑 아닌 공간이랑
분명히 차이가 있지 않을까? 방은 청소가 안 되어
있다든지, 촬영을 하는 날과 그렇지 않은 날의 차이가
있다든지."

"당연히 그렇겠죠. 우리도 병원에 일하러 오는

날이랑 아닌 날이랑 차이가 있잖아요."

그녀는 그들의 말—속임수니 어쩌니 하는
말들—에는 한마디도 보태지 않았다.

그날 밤, 그녀는 집으로 돌아가 잠들기 전에
유튜브에서 유하나의 채널명을 검색했다. 마지막으로
본 게 일주일 전이었는데, 그사이에 새로운
브이로그가 올라와 있었다. 그녀는 영상은 보지
않고 댓글만 읽었다. '어쩌면 그렇게 자기 관리를
잘하세요?'라든지, '집이 너무 예뻐서 보기만 해도
마음이 편해져요'라든지 '유하나 님의 영상이
올라오면 선물을 받는 기분이에요' 혹은 '애기가
어쩌면 저렇게 귀여워요? 어쩌면 저렇게 착한
아이가 있을까?' 기타 등등. 그걸 읽는 동안 그녀는
문득 의아함을 느꼈다. 그동안 유하나의 브이로그를
그렇게 많이 보아왔으면서, 어떻게 돈 문제에 대해 한
번도 생각해보지 않았던 거지? 그녀는 자신이 돈에
대해 단 한 번도 생각해본 적이 없다는 바로 그 사실
때문에 놀라움을 느꼈다.

유하나의 아버지는 평범한 회사원이었다.

돈에 쪼들리는 건 아니었지만, 부자도 아니었다.
그건 그녀가 잘 알고 있는 사실이었다. 유하나와
같은 반이었던 건 고등학교 1학년, 딱 1년뿐이었다.
그렇지만, 반이 갈라진 후에도 그들은 가깝게 지냈다.
그녀와 유하나를 동시에 알고 있는 친구들은 그들이
안 어울린다고 생각했다. 조용하고, 다른 사람들 눈에
띄는 걸 별로 좋아하지 않았던 그녀와 달리 유하나는
사람들 앞에 나서는 데에 주저함이 없었고, 넉살이
좋았다. 친구도 많았다. 말소리와 행동이 컸고, 약간
수다스러운 편이었다. 그녀는 매사에 꼼꼼하고 모든
것을 체계적으로 잘 정리하며 어떤 것들은 절대
잊지 않았지만, 유하나는 덤벙대고 무언가를 자주
잊었으며 책상 위는 언제나 너저분했다. 반이 갈라진
이후에 유하나는 자주 그녀의 반으로 와서 무언가를
빌려 갔다. 체육복, 교과서, 노트나 스케치북 같은
자잘한 준비물들. 빌려주는 건 어렵지 않았다.
문제는 유하나가 빌려 간 물건을 돌려주는 걸, 종종
깜빡했다는 점이다. 그 바람에 그녀가 선생님에게
혼이 난 적도 여러 번 있었다. 그런 일이 있을 때마다
유하나는 그녀를 꼭 껴안으며 미안하다고 몇 번이나

손보미

사과를 했다. 그녀는 유하나를 미워할 수가 없었다. 그런 일이 몇 번이나 반복되어도 유하나를 미워할 수가 없었다. 어느 날, 그녀를 꼭 껴안은 채, 유하나가 말했다. "넌 어쩌면 그렇게 착해?"

고등학교 3년 내내 그녀가 유하나보다 성적이 (많이) 좋았는데, 입학한 대학의 수준은 비슷했다. 명문대까지는 아니었지만 이름을 대면, 음 공부 꽤 했구나?라는 말을 들을 만한. 대학에 들어가면서부터 그들의 우정에는 약간의 부침이 생겼다. 원래 문과였는데 할머니의 충고("여자에게는 최고의 직업이지")에 따라 교차 지원을 해서 간호대에 들어간 그녀는 학과 공부를 따라가느라 정신이 없었고, 문헌정보과에 들어간 유하나는 대학 생활을 즐기느라 정신이 없었다. 그래도 1년에 서너 번 정도는 만났는데, 대학을 졸업한 후에는 그마저도 어려워졌다. 그녀는 일을 하느라, 유하나는 공무원 시험을 준비하느라 시간이 잘 나지 않았다. 그래도 1년에 한 번쯤은 꼭 만났고, 서로의 안부를 물었다. 그럴 때마다 유하나는 꼭 이 말을 덧붙였다.

"넌 정말 대단하다. 아픈 사람을 돌보는 건

아무나 할 수 있는 일이 아니잖아. 나라면 절대 못 할 것 같거든."

　　유하나의 공무원 시험 준비 기간은 계획한 것보다 길어졌고, 둘의 연락도 뜸해졌다. 그녀는 그게 자연스러운 변화라고 여겼다. 한때는 소중했던 관계들이 점차 형식적인 만남으로 변해가는 것. 그러다가, 2년 만에 연락을 한 유하나가 그녀에게 돈을 빌려달라는 부탁을 했다. 그리 큰 돈은 아니었다. 백만 원. 그녀는 돈을 보내주었다. 유하나에게 다시 연락이 온 건 그로부터 1년 후의 일이었다. 돈을 갚으려고 연락을 한 줄 알았는데, 아니었다. 유하나는 공무원 시험에 합격했다는 소식을 알려주었다. 그들은 만났고 그녀는 유하나에게 축하주를 샀다. 그날, 유하나는 빌려 간 돈에 대해서는 언급하지 않았다. 그리고 어느 정도 시간이 흐른 후에 유하나가 그녀에게 결혼 소식을 알렸다. 청접장을 받기 위해 만난 자리에서도 유하나는 돈 이야기를 꺼내지 않았다. 그녀는 결혼식에 참석할 수는 없었지만, 계좌로 (꽤 큰 금액의) 축의금을 보냈다. 결혼을 하고 6개월 정도가 지났을 때, 유하나가 아이를 낳았다는 소식을 들었고, 1년 후 유하나는 그녀를 돌잔치에 초대했다. 그녀는 이번에도 참석하기가 어려워서, 돌 선물을 보냈다. 유하나는 그녀에게 전화를 걸었다. 얼굴을 보지 못해서 아쉽다고, 선물을 보내줘서 고맙다는 말은 했지만 여전히 돈에 대해서는 일언반구 없었다. 그게 유하나와의 마지막 연락이었다. 그녀는 휴대폰에서 유하나의 번호를 삭제해버렸다.

유하나에게 빌려준 돈이 생각날 때가 있었다. 자주는 아니었다. 절대로 아니었다. 그다지 큰 액수도 아니었고, 그냥 기부한 셈 치면 되는 돈이었다. 하지만, 그래도 불현듯 떠오를 때가 있었다. 예전에 입었던 옷 주머니에서 발견되는 오래된 영수증처럼. 거기에 있는 줄도 몰랐는데, 적힌 목록을 보면서 아, 그때 이걸 샀었나? 아, 그때 여길 갔었나? 하고 중얼거리게 만드는. 그리고, 어느 순간, 그녀는 더 이상 오래된 영수증을 불시에 발견하고 싶지 않아졌다.

그게, 바로 2년 전에 그녀가 유하나의 연락처를 수소문한 이유였다.

빚

하지만 그날 밤, 유하나에게 빌려준 돈에 대해 오랜만에 다시 떠올리게 되었을 때, 그녀는 그 돈을 돌려받아야 한다는 생각을 하게 되었다. 기부한 셈 치자고 결정한 건 기만이었다. 2년 전 유하나에게 다시 연락을 하려던 시도를 그토록 쉽게 포기한 건 잘못이었다. 그녀는 유하나를 만날 때마다 (돈을 빌려준 사람이었는데도 불구하고) 쭈뼛쭈뼛하던 자신을 떠올렸다. 심지어는 민망한(도대체 왜 그녀가 민망해져야 한단 말인가?) 상황이 될까 봐 돈을 빌려준 사실이 아예 없던 것처럼 행동한 적도 있었다.

그날 밤, 그녀의 머릿속에 불현듯 떠오른 생각, 돈을 돌려받아야 한다는 그 결심은 자신의 그런 행동—주춤거림이나 민망함—을 만회하겠다는 포부와는 관련이 없었다(아니, 조금은 관련이 있을 수도 있다고, 그 정도는 받아들일 수 있다고 그녀는 생각했다). 중요한 건 액수, 순수하게 액수, 백만 원, 바로 그것이었다. 그녀가 유하나에게 돌려받지 못한 백만 원,

0이 여섯 개.

바로 그게 문제였다.

손보미

그로부터 보름 후에, 그녀는 유하나의 집 앞에
서 있었다. 커다란 루드베키아 꽃다발을 들고서.
사실 얼마 전까지만 해도 그녀는 루드베키아라는
꽃이 있는지도 몰랐다. 이 꽃을 선택한 건, 발음하기
어려운 이름 때문이었다. 아직 본격적인 여름이
시작되기도 전인 데다가 오전 11시밖에 되지
않았는데 그녀의 등에서는 땀이 흘렀다. 햇살이
너무 강렬했다. 유하나는 벽돌 담장에 작은 차고가
딸린 주택과 고급 빌라가 모여 있는 동네에 살았다.
유하나의 집까지 가려면 오르막길을 걸어야 했다.
차 없이 살기는 힘든 동네 같았다. 유하나의 집은
단독주택이었다. 초인종을 누르기 전에, 그녀는
건물을 한눈에 조망할 수 있도록 뒷걸음질쳤다. 담장
너머 커다란 2층 건물은 조금 낡은 티는 났지만,
촌스럽지는 않았다.

그녀는 숨을 크게 한번 들이쉬고 초인종을
눌렀다.

하지만 아무리 기다려도 안에서는 아무런 반응이
없었다. 집 안은 비어 있었다.

빛

며칠 전, 그녀는 유하나에게 전화를 걸었다.
수화기 너머 유하나는 믿을 수 없다는 듯이 작게
소리쳤다. "세상에, 이게 얼마 만이니! 목소리
들으니까 정말 좋다. 너무 반가워, 옛날로 돌아간
느낌이야." 유하나의 목소리에 거리낌 같은 건 전혀
없었다. 백만 원을 기억하지 못하는 걸까? 만날
날짜와 장소를 정하는 도중에 유하나가 자신의 집에
점심 먹으러 오면 어떻겠느냐고 물었다. "그땐 우리
애가 어린이집에 가 있거든. 내가 맛있는 거 해줄게.
진짜 맛있는 거." 그녀는 유하나의 브이로그에
등장하던 수많은 허브, 익숙지 않은 식재료, 요리
레시피 들을 떠올렸다(그녀는 브이로그에 대해서는
절대 언급하지 않을 생각이었다). 사흘 후로 약속
날짜를 정했는데, 다음 날 오후에 그녀는 아주
우연히 동료 중 한 명이 '개인적 용무' 때문에 일정을
바꾸어야 하는 상황에 놓여 있다는 걸 알게 되었다.
그녀는 동료에게 무슨 일이냐고 먼저 물어보았다.
쭈뼛거리던 동료는 결국 사정을 털어놓았고, 그
이야기는 그녀의 마음을 사정없이 흔들어놓았다. 그
바람에 그녀는 약속 날짜를 미뤄야만 했다. 그녀는

유하나에게 전화를 걸어서 이렇게 말했다. "미안해, 사람의 목숨을 다룬다는 게 계획대로 안 되는 일이어서 말이야." 유하나는 충분히 이해할 수 있다고 말했다. 닷새 후로 약속 날짜를 다시 정했지만 그녀는 그 약속도 지키지 못했다. 만나기로 한 전날에야 (어이없게도) 자신이 근무 날짜를 착각했다는 사실을 (갑작스럽게) 깨달았기 때문이다. 정말로 눈코 뜰 새 없이 바빠서 그녀는 전화를 걸 수도 없었다. "내가 요즘 너무 바빠서 정신이 없나 봐. 정말 미안해. 나도 근무 날짜를 착각한 게 처음이라서 너무 당황스러워." 그녀는 이런 내용으로 문자메시지를 보냈는데, 그건 사실이었다. 지난 12년 동안 근무 날짜를 착각한 적은 단 한 번도 없었다. 답이 오기도 전에 그녀는 다시 문자메시지를 보냈다. "다음 주에 너가 되는 날짜를 알려줄래? 그럼 내가 내일 스케줄을 다시 확인하고 연락줄게. 지금은 내가 정신이 좀 없어서 말이야." 한참 후에 유하나로부터 답장이 왔다. "나는 다음 주 화, 목요일 점심이 좋아. 원래는 화요일에도 일정이 있지만, 다음 주엔 화요일도 괜찮은 것 같아." 다음 날, 그녀는 유하나에게 연락하지 않았다. 일부러 그런 게 아니었다. 눈코 뜰 새 없이 바빴다고까지는 말할 수 없지만 연락을 할 정신적 여유가 없었던 건 틀림없는 사실이었다. 유하나에게 전화가 왔지만 받지 못했고, 그날 밤에 그녀는 유하나에게 너무 바빴다고, 곧 다시 연락하겠다고 메세지를 보냈다. 하지만 그녀는 다음 날 연락하지 못했고, 그런 식으로 어영부영 일주일이 지나가버렸다.

그리고, 간만에 여유 있는 휴일을 맞이한 그녀는 문득 그날이 목요일이라는 사실을 깨달았고, 목요일에는 아무런 일정이 없다던 유하나의 문자가 떠올랐다. 연락을 하겠다는 약속을 지키지 못했지만(그래서 얼마간은 미안한 마음을 가지고 있었지만), 그래도 유하나를 만나야 한다는 생각에는 변함이 없었다. 오늘이 아니면 안 될 것 같아. 그녀는 생각했다. 약속 날짜를 다시 잡는 건 어리석은 일 같았다. 또다시 (이제껏 그랬던 것처럼) 피치 못할 사정으로 미뤄진다면? 세상을 살아가다 보면 통제할 수 없는 일들이 언제나 벌어지기 마련이다. 그녀는 자신이 그런 상황을 불평불만 없이 받아들이며 살아왔다는 생각을 했다. 새삼스럽게도 그런 생각이

　　　　　　　　　　　　　　　손보미

들었다. 겸손. 그녀는 그 단어를 떠올렸다. 나는
겸손해. 절대로 거만하거나 오만하지 않아. 그게
나야. 그렇다면 어떻게 해? 방법은 하나뿐이었다.
바로 지금 무작정 찾아가는 것. 그것뿐인 것 같았다.

　　그게 바로 그녀가 커다란 루드베키아 꽃다발을
들고 유하나의 집 초인종을 누른 이유였다.

　　유하나가 부재중이라는 사실은 그녀를 하나도
당황스럽게 하지 않았다. 그 상황을 받아들일 수
있었다. 그녀는 기다릴 수 있었다. 언제까지라도(사실
그럴 수는 없었다. 그녀는 출근을 해야 했으므로).
그녀는 담장이 만든 기다란 그늘 안으로 자리를
옮기고 이어지는 길의 끝을 유심히 바라보았다.
꽤 크고 무거운 꽃다발 때문에 팔이 저려왔지만
내려놓을 생각은 없었다. 얼마나 시간이 지났을까?
저 길 끝에서 유하나가 걸어오는 게 보였다. 긴팔
티셔츠와 트랙 팬츠를 입은 채, 약간 숨을 몰아쉬면서
언덕을 걸어 올라오고 있었다. 마지막으로 만난
게 5년 전 결혼식장에서였는데, 마치 며칠 전에도
저 얼굴을 본 것처럼, 하나도 낯설지가 않았다.
당연했다. 그녀는 며칠 전에도 유하나의 브이로그를

빛

보았으니까. 백 개가 넘는 유하나의 브이로그를
보았으니까.

의아하다는 표정을 지으며 유하나가 그녀 쪽으로
다가왔다. 그녀가 누구인지 알아보는 데는 3초 정도
걸렸다(그녀는 유하나가 자신의 얼굴을 바라본 후,
입을 열 때까지 속으로 숫자를 셌다. 하나, 둘, 셋).

"애, 이게 무슨 일이니? 왜 연락한다 해놓고 안
한 거야? 아니, 근데 여긴 어떻게 왔어?"

유하나는 반가워해야 하는 건지, 불쾌해해야
하는 건지, 경계를 해야 하는 건지 도통 갈피를 못
잡겠다는 듯 말했다. 그녀는 그런 유하나를 보며 그냥
웃었다. 활짝 웃었다.

"정말 미안해, 병원이 정말 바빴거든. 정말 너무
너무 너무 바빴어. 근데 오늘 이 근처에 일이 있어서
왔다가 너가 이 동네에 산다는 게 갑자기 생각났지
뭐야?"

그러고는 다짜고짜 유하나의 품에 꽃다발을
안겼다. 꽃다발을 받아 든 유하나는 곤란하다는
표정으로 한동안 말없이 서 있었다. 그녀는 유하나가
당황해한다는 걸 알았다. 난처해한다는 것과

손보미

약간의 짜증이 났다는 것도. 그런 반응은 당연했다. 몇 년 만에 불쑥 연락을 하고, 약속을 정하고, 두 번이나 취소한 상대가 이런 식으로 갑자기 집 앞에 나타난다면 누구라도 그러할 것이었다. 하지만 그녀는 유하나의 반응이 약간 지나치다고 느꼈다. 입장을 바꾸어서, 연락이 끊긴 오랜 친구가 갑자기 자신을 찾아온다면? 그녀는 기꺼운 마음으로 친구를 맞이할 수 있을 것 같았다. 그녀는 그럴 수 있었다. 당연했다. 왜냐하면 그녀는 누구에게도 빚을 진 적이 없으므로. 그렇다면, 지금 유하나의 지나친 반응은 빌려 간 백만 원 때문일까? 그런가? 하지만 이 생각은 이치에 맞지 않았다. 그들은 이미 몇 번이나 통화를 했고, 문자를 주고받았다. 하지만 한 번도 유하나는 민망해하거나 불편해한 적이 없었다. 그렇다면, 왜? 그녀는 유하나를 기억했다. 유하나의 지저분했던 책상 위, 그리고 대학 다닐 때 놀러 갔던 유하나의 그 정신없고 발 디딜 틈이 없던 자취방, 도무지 정리가 되지 않아서 혼란스러워 보이던 유하나의 가방 안 같은 것들을 기억했다. 혹시 나를 집 안에 들이는 걸 꺼리고 있는 걸까? 집 안을 보여주기 싫어서?

빛

그녀는 고개를 흔들었다. 하긴 유하나의 브이로그를
보았던 동료는 말했다. 그런 건 다 속임수야. 하지만
이 말 역시 이치에 맞지 않았다. 적어도 그녀에게는
맞지 않았다. 유하나는 그녀가 브이로그를 봤다는
사실을 알지 못할 것이므로, 그녀가 속임수의 대상이
되지는 않을 거였다. 그렇다면, 그냥 유하나의 집이
손님을 맞을 만한 상태가 아닌 걸까? 오, 대체 얼마나
엉망이길래?

하지만……그런 건, 그녀의 관심사가 아니었다.

유하나의 집 안이 브이로그와 다르다 한들,
정리가 되어 있지 않다 한들, 연출된 거라고 한들,
그녀와는 하등 상관이 없었다. 그녀의 동료들이
그런 것에 대해 떠들 때 그녀는 한마디도 보태지
않았다…… 그녀는 그저 백만 원을 돌려받고 싶을
뿐이었다. 그렇지만 그냥, 되는대로 받기는 싫었다.
합당한 대우를 받고 싶었다. 거만하거나 오만해서가
아니었다. 그럴 만한 자격이 있기 때문이었다.

"여기까지 왔는데 물 한 잔도 안 줄 거야?"

그녀의 말에 유하나는 스마트 워치로 시간을
한번 확인하고는 뭔가 골똘히 생각에 잠겼다. 그녀는

손보미

그런 유하나를 보며 말을 이었다.

"집이 정리 정돈되어 있지 않아도 괜찮아, 우리가 하루 이틀 안 사이도 아니고."

유하나가 대답했다.

"아, 그렇지, 우리가 하루 이틀 안 사이가 아니지."

유튜브 영상으로는 유하나의 정원이 규모가 있어 보였는데, 실제로는 그렇지 않았다. 오히려 약간 협소하게 느껴졌다. 깔끔하게 정리되어 있는 건 맞았다. 하지만, 정리하는 게 그렇게까지 수고롭지는 않을 크기였다. 정원 한쪽에는 유하나가 애프터눈티를 먹던 야외 테이블과 의자가 있었다. 영상 속에서는 한가롭고 여유로운 분위기를 풍기던 테이블의 모서리는 약간 금이 가 있었고 색도 영상에서 보던 것보다는 탁했다. 유하나의 작은 텃밭도 있었다. 그것 역시 브이로그와는 달랐다. 영상에서는 푸른 풀들이 생명력을 마구 뿜내고 있었는데, 실제로 보니까 그 정도까지는 아니었다. 잎은 약간 시들시들했고, 어딘가 모르게 궁색하고 서글픈 느낌을 자아냈다.

유하나의 집 안은 깜깜했다. 그리고, 믿을 수
없을 정도로 좋은 냄새가 났다. 마치 향과 관련된
각종 상품을 파는 백화점 매장에서 맡을 수 있는
그런 냄새. 유하나가 신발장 옆에 붙어 있는 버튼을
누르자, 거실 전면 창의 커튼이 양옆으로 걷히기
시작했다. 그녀는 밝은 빛 아래, 숨길 길 없이
노출될 유하나의 거실을 기다렸다. 어쩌면, 나중에
출근했을 때 동료들에게 이 집에 대해 이야기해줄
수 있으리라는 생각을 하면서("사실은 그때 봤던
브이로그, 내 친구가 하는 거였거든. 내가 얼마 전에
거기를 방문했어. 그런데 말이야……").

유하나의 집은, 영상에서 보던 것과는 달랐다.
아니다, 다르지 않았다. 아, 그래, 다르지 않았다.
다른 무언가가 더 있었다. 영상에서 풍기던 평화롭고
여유로운 분위기를 압도하는 다른 무언가가. 소파
위 주름 하나 잡히지 않은 쿠션이나 먼지 한 톨
없는 바닥, 지문 하나 묻어 있지 않은 유리창 말고
근본적인 무언가가 이 집 안 곳곳에 스며들어 있었다.
이런 걸 뭐라고 하지? 규칙? 체계? 가구는 많지

손보미

않았지만 모든 게 질서 정연하게 자신의 자리에
머물고 있었다. 집 안의 모든 사물이 정확하게
있어야 할 곳에 위치하고 있었다. 걷힌 커튼의 주름
하나하나, 거실 바닥에 길게 비쳐든 햇살의 모양,
거실 구석에 놓인 식물의 잎의 방향, 기다란 아일랜드
식탁 위, 은제 식기에 담겨 있는 아보카도와 망고의
색깔마저 그랬다.

　잠시 후 옷을 갈아입은 유하나가 화병을 가지고
나왔다. 그녀는 거실 한가운데에 서서 유하나가
화병에 물과 얼음, 가루를 낸 아스피린을 넣고,
능숙하게 꽃을 꽂는 걸 바라보고 있었다.

　"루드베키아네. 지금 이 시기에 딱 예쁜
꽃이잖아. 고마워."

　꽃을 화병에 옮긴 후, 유하나는 화병을 어디에
둬야 할지 고민에 빠진 것 같았다.

　"그냥 거기 아일랜드 식탁 위에 놓아도 될 것
같은데."

　유하나는 화병을 들고, 집 안 이리저리를
배회했다(자기 집을 배회하는 사람이 어디 있담!
그녀는 기가 찼다). 결국 유하나는 화병을 거실 커피

테이블 위에 갖다 두었다. 하지만 곧 그걸 아일랜드
식탁으로 옮겼고, 잠시 후에는 신발장 옆 협탁에
두었다.

"흐음······"

잠시 동안 화병을 바라보던 유하나는 결국
화병을 처음의 장소, 거실 커피 테이블 위에 가져다
놓았다. 그런 후, 두 손을 털며 그녀를 돌아보았다.

"사실은 이따가 우리 애를 데리러 가야 해.
원래는 오후 내내 어린이집에 있는데, 오늘은 내가
간만에 일정이 없어서 좀 일찍 집에 데리고 오기로
했거든. 오랜만에 같이 놀자고. 음····· 그래도
우리가 함께 밥 먹을 시간 정도는 될 거야. 간단하게
샌드위치 어떠니?"

그녀는 고개를 끄덕였다.

"괜찮아, 좋아."

"너가 올 줄 미리 알았으면 뭘 좀 사놨을 텐데,
지금은 냉장고가 텅텅 비었거든. 잠깐만 소파에
앉아서 기다려."

그녀는 영상으로 보던 아일랜드 식탁 뒤 벽이
주방과 아일랜드 식탁이 있는 식당을 구분해주는

손보미

가벽이라는 사실을 그제야 알 수 있었다. 주방으로 통하는 입구는 안쪽 구석에 있어서 그녀의 자리에서는 보이지 않았다. 유하나는 한 번씩 그녀의 시야에서 사라졌다가 식재료를 가지고 다시 나타나기를 반복했다. 몇 번이나 주방을 오가고 나서야 유하나가 샌드위치를 만들기 시작했다.

그녀는 그 과정을 다 알고 있었다.

소분해서 냉동해둔 사워도우(그녀는 그 빵을 브이로그에서 여러 번 봤고, 이름이 '슬랩'이라는 걸 알았다)와 반으로 자른 방울토마토를 오븐에 함께 넣고 굽는 동안, 정원에서 따 온 바질을 잣과 올리브오일과 함께 갈아서 바질페스토를 만든다. 오븐에서 빵을 꺼낸 후, 한쪽에 홀그레인머스타드소스를 바르고, 슬라이스치즈(그녀는 그게 '일드 프랑스'의 제품이라는 걸 알았다)를 얹는다. 프로슈토(유명 샤퀴테리 가게에서 구입한 것이라는 사실 역시 그녀는 이미 알고 있었다)를 꺼내서…… 그때 유하나가 갑자기 고개를 들고 그녀에게 말을 걸었다.

"너 혹시 채식주의자니?"

빛

채식주의자가 아니었으므로 그녀는 고개를
저었다. 유하나는 치즈 위에 프로슈토와 루꼴라, 구운
방울토마토를 마저 올린 뒤, 방금 만든 바질 페스토를
바른 빵 한쪽을 덮었다. 모든 게 그녀가 브이로그에서
본 것과 일치했다. 움직이는 동선은 최소화되었고,
과정은 순서대로 딱딱 떨어졌다. 유하나가 다시
주방으로 들어가서 접시 두 개와 나이프와 포크를
가지고 나왔다. 언제 요리를 했나 싶게 조리대 위는
금세 깨끗해졌다.

"아, 아직 오지 마. 거기에 앉아 있어."

다시 주방에 들락날락하며 유하나는 초록색
과육이 든 작은 병과 크리스털 컵 두 개, 탄산수와
머들러를 가져다 놓았다.

"내가 어제 샤인머스켓으로 청을 만들었거든."

유하나는 작은 병에 담긴 청과 과육을 크리스털
컵에 담았다. 탄산수를 붓고 머들러를 꽂은 뒤,
티코스터까지 준비하고 나서야 유하나는 그녀를
불렀다.

"이제 와. 다 준비되었어."

그녀와 유하나는 아일랜드 식탁을 사이에 두고

손보미

앉았다. 샌드위치는 훌륭했다. 샤인머스캣으로
만들었다는 음료수도 맛있었다.

"우리가 마지막으로 연락을 한 게 언제인지
기억해?"

그녀의 질문에 유하나가 잠시 생각에 잠겼다가
대답했다.

"결혼할 때, 내가 밥 산다고 만났던 게
마지막인가?"

만난 건 그때가 마지막이었다. 하지만 통화를 한
건, 유하나 아들의 돌잔치 때였다. 유하나는 자신의
기억에 확신이 없다는 듯 물었다.

"그때가 맞아?"

그녀는 사실을 말해줄까 했지만, 그만두기로
했다. 아직 때가 아닌 것 같았다. 그 대신 이렇게
물었다.

"그동안 어떻게 살았어? 궁금해."

거짓말이었다. 그녀는 유하나가 어떻게
살아왔는지 하나도 궁금하지 않았다. 유하나가
어떤 삶을 살았든 그녀와는 아무런 상관도 없었다.
그렇지만 물어봐야 할 필요성을 느꼈다. 그래야 할

것 같았다. 유하나는 그녀를 슬쩍 바라보았고, 생각에 잠겼다가 이야기를 시작했다. 예전의 유하나는 흥분한 말투와 장황한 단어로 감정을 털어놓는 스타일이었지만, 지금의 유하나는 그렇지 않았다. 신중하고 차분하게, 그러나 별 감정이 담기지 않은 투로 자신의 이야기를 했다. 완전히 다른 사람이 된 것 같았다. 도서관 사서 일은 아이를 낳으면서 그만두었고("육아 휴직을 했는데 복귀를 못 했어."), 성격 차이로 이혼을 했으며("이혼은 내 생애 최고의 선택이야. 남자들은 정말이지 지겨워."), 혼자 아이를 키우는 게 힘들지만 행복하다("우리 아들이 없었다면 난 견딜 수 없었을 거야.")고.

유하나가 종지부를 찍듯이 말했다.

"내가 깨달은 게 하나 있는데, 나는 직장이라든지 결혼이라든지 얽매여서 사는 건 잘 못하겠어. 그렇게는 잘 못 살겠어."

그녀는 아무런 대꾸도 하지 않았고, 한동안 그들은 샌드위치를 먹는 데에 열중했다.

"돈은 어떻게 벌어?"

"뭐라고?"

　　　　　　　　　　　　　손보미

그녀의 질문에 순식간에 유하나의 얼굴이
붉어졌다. 그녀가 다시 한번 물었다.

"직장에 안 나간다며. 돈이 있어야 먹고살 수
있잖아."

음료수를 들이켠 유하나는 그녀를 바라보며
천천히 샤인머스캣 과육을 씹어 넘겼다. 그러고는
붉어진 얼굴로 헛기침을 두어 번 했다.

"난 투자를 했었어. 생각하지 못한 큰돈을
벌었지. 하지만,"

말을 멈춘 유하나가 숨을 한번 골랐다. 어느새
유하나의 얼굴에서 붉은 기는 사라졌고, 약간 수줍은
듯 미소가 머물러 있었다.

"돈에 매몰되는 삶을 살기는 싫었어."

이 말을 하고 나자, 유하나의 표정이 완전히
바뀌었다. 유하나의 브이로그에서 익히 봐왔던 바로
그 얼굴. 모든 것이 너무 편안해 보이는 그림 같은 그
표정으로. 그녀는 집 앞에서 마주친 이후로 유하나가
처음으로 저런 표정을 지었다는 사실을 깨달았다.
그녀는 아일랜드 식탁 위 유하나의 샌드위치 접시와
음료수가 담긴 크리스털 컵을 바라보았다. 유하나의

빛

접시와 컵은 (그녀의 접시와 컵과는 달리) 처음 세팅 그대로, 그 각도와 위치를 유지하고 있었다. (역시 그녀의 접시와는 달리) 음식 부스러기 하나 떨어진 게 없었다. 만약 그녀에게 카메라가 있다면, 그래서 지금 이 장면을 찍는다면, 바로 유하나 브이로그의 한 장면이 될 것이었다. 영상의 제목은 무엇으로 할까? "초여름 오후, 갑자기 찾아온 20년 지기 친구와의 점심 식사, 수제 바질페스토로 뚝딱 만든 샌드위치, 직접 만든 샤인머스캣티스파클링 첫번째 시식"

이상했다.

바로 전까지만 해도 그녀에게는 아무런 거리낌이 없었다. 기분이 내킬 때 유하나에게 백만 원에 대한 이야기를 꺼내고, 계좌번호를 알려줄 생각이었다. 서로를 덜 민망하게 할 만한 문장은 고려의 대상도 아니었다. 왜 그런 걸 고려해야 한단 말인가? 예의를, 어떤 형식을 지켜야 하는 건 내가 아니라 유하나인데? 백만 원을 돌려달라고 했을 때, 유하나가 보일 반응을 예상하긴 했었다. 예상하긴 했었다? 아니, 유하나와 다시 연락을 한 이후로 시도 때도 없이 그녀는 이런저런 가능성을

손보미

떠올리며 상상을 하곤 했다. 만약, 유하나가 돈을
빌려 간 사실을 기억하고 있다면? 그 사실을 한 번도
잊은 적이 없고, 오히려 그녀가 돈을 빌려준 사실을
잊어버렸다고 판단해서 입을 싹 닦은 거라면? 물론
그녀는 유하나가 그렇게까지 파렴치하리라고 여기지
않았다. 게다가 이렇게 부자가 되었는데(도대체
무엇을 해서 유하나가 돈을 벌었는지 그녀는 알
수가 없었다. 유하나의 대답을 들어도 마찬가지였다.
투자를 했다고? 도대체 무슨 투자?), 그깟 백만
원이 무슨 대수라고?(하지만 그녀는 부자들이 돈에
대해 더 지독하게 군다는 걸 알고 있었다. 그건 기본
상식이었다). 만약, 돈을 빌린 사실을 잊어버린 채
살아오다가 그녀와의 연락을 계기로 최근에 기억을
떠올리게 되었다면? 그 오랜 시간 동안 백만 원을
갚지 않았다는 사실이 민망해서 먼저 언급하지
못하는 거라면? 만약 이런 경우라면 백만 원
이야기를 꺼냈을 때, 유하나는 어떤 반응을 보일까?
기억 못 했다는 듯 연기를 할까? 아, 내가 그랬었나?
내가 그랬었구나? 놀란 척을 할까?

하지만 지금, 유하나의 얼굴을 바라보며, 그녀는

빛

이제껏 한 번도 고려해보지 못한 새로운 가능성을
떠올리게 되었다. 음식을 앞에 두고 그녀와 얼굴을
마주 보고 대화를 나누고 있는 이 순간까지도
백만 원을 빌려 갔단 사실을 기억하고 있지 못하는
거라면? 그 사실을 완전히 잊어버린 거라면? 심지어
그녀가 면전에 대고 말을 꺼낸 이후에도 여전히
기억해내지 못한다면? 어리둥절한 표정을 지으면서
'내가? 내가 돈을 빌렸다고? 돈을? 너한테?'라고
되묻는다면? 세상에, 그녀는 갑자기 떠오른 새로운
가능성 때문에 불쾌해졌고, 그런 가능성을 미리
고려하지 않은 자신 때문에 깜짝 놀랐다. 어떻게 그럴
수가 있지?

잠시 후 유하나가 그녀에게 말했다.

"넌 병원에서 엄청 오래 일을 한 거다, 그치?
아픈 사람을 돌본다는 거 너무 어렵지 않니?"

"글쎄."

"어렵겠지. 어떻게 안 어렵겠어. 너 정말 대단해,
나라면 절대 못 할 것 같거든."

그래, 유하나는 절대 못 할 것이다. 문득 그런
생각이 들었다. 유하나가 만에 하나 백만 원을 빌려

　　　　　　　　　　　　　　　　손보미

간 걸 기억해내지 못한다 해도 괜찮다고. 그녀에게는
기록이 있으니까. 몇 년 전의 일이라 찾아내는 게
수고스럽긴 하겠지만, 그런 기록은 절대 사라지지
않는다. 그녀가 말하려고 입을 연 순간, 유하나의
전화벨이 울렸다.

"아, 잠깐만."

유하나는 전화기를 들고 방으로 들어갔다.
그러자 방금까지 유하나에게 일부분이 가려져
있던 가벽 전체가 그녀의 시야로, 한눈에 들어왔다.
생각해보니까 유하나의 주방, 저 가벽 뒤는 한 번도
영상에 등장한 적이 없었다. 유하나의 옷 방, 서재,
아이 방, 침실까지도 영상에 등장했는데, 저곳은
아니었다. 저 벽 뒤는 한 번도 공개된 적이 없었다.

잠시 후, 유하나가 난처한 표정으로 그녀에게
다가와서 말했다.

"아, 어떡하지? 우리 애가 지금 당장 집에
오고 싶다고, 엄마 보고 싶다고 고집을 부리나
봐. 선생님이 지금 바로 데리러 올 수 있느냐고
물으시네……"

"지금, 아이를 데리러 가야 한다고?"

빛

유하나는 지금 당장 나가봐야 한다고 수선을
떨었고 그녀는 그걸 지켜보고만 있었다.

"같이 안 나갈래?"

그녀는 일부러 유하나가 두루뭉술하게 말하고
있다는 걸 알았다. 그러니까, 유하나는 그녀가 집으로
돌아가기를 바라는 것이다. 같이 나가되, 각자 갈
길을 가자는 말. 하지만, 오늘이 아니면 안 될 것
같아. 그녀가 이윽고 입을 열었다.

"갔다 와, 기다리고 있을게."

유하나가 웃음기를 잃지 않으려고 애쓰며
말했다.

"기다린다고? 여기서? 혼자?"

그녀는 이번에는 여유로운 태도로 의자에 기대
앉았다.

"혹시 내가 여기서 기다리는 거 불편해?"

그 말에 유하나가 소리 내 웃었다. 웃으며 고개를
저었다.

"아니, 아니, 그럴 리가. 미안해서 그러지. 그럼
기다리고 있어. 시간이 좀 걸리긴 할 텐데, 그래, 온
김에 우리 아들이랑 인사도 하고. 최대한 빨리 갔다

올게."

유하나가 나간 후, 그녀는 다시 몸을 똑바르게
했다. 갑작스럽게 찾아온 고요함에 주눅이 들었다.
방금 전까지 느꼈던 느긋함이나 여유로움은
온데간데없이 사라졌다. 긴장감이 끝도 없이
차올랐고 목이 뻣뻣해지는 것 같았다. 그녀는 유하나
접시 위에 놓인, 먹다 남은 샌드위치를 보았다. 음식
부스러기 하나 떨어진 게 없는 유하나의 접시. 누군가
먹다 남긴 것처럼 보이지도 않았다. 깔끔하고, 여전히
먹음직스러웠다. 유하나의 접시, 접시 위에 담긴
음식, 크리스털 컵은 완벽한 각도를 이루며 위치하고
있었다. 그녀는 자신의 접시를 바라보았다. 빵에서
삐져나온 토마토 조각과 바질페스토, 빵 부스러기들.
누군가 먹다 남긴 게 분명해 보이는 음식물. 흠……
그래도 음식물 쓰레기처럼 보이지는 않아. 절대
아니야. 그녀는 생각했다. 식탁 위에 아무렇게나
올려둔 머들러와 티코스터, 접시와 크리스털 컵이
균형감이라고는 찾아볼 수 없게, 무질서하게
배열되어 있었다. 그녀는 포크로 먹다 남은 자신의

173   빛

샌드위치를 (최대한) 보기 좋게 만들었다. 옆에
떨어진 부스러기들을 모아서 개수대에 버리고 물을
틀어 음식 부스러기를 배수구 구멍으로 흘려보냈다.
머들러를 컵에 다시 꽂고 접시와 크리스털 컵의
위치를 이리저리 옮겨보았다. 하지만 아무리 노력을
해도 유하나의 각도를, 그 완벽해 보이는 배열을 따라
할 수가 없었다.

　　그녀는 몸을 돌려 거실을 바라보았다. 커피
테이블 위 루드베키아 화병이 눈에 들어왔다.
이리저리 옮길 자리를 찾다가, 마지못해 놓아둔 것
같은 화병. 과연 이 집과는 어울리지 않았다. 그녀는
방금까지 유하나가 앉아 있던 아일랜드 식탁 쪽으로
갔다. 수납장이 몇 칸 있었다. 그녀는 맨 위 수납장을
열어보았다. 커트러리와 수저 받침대 , 머들러 여러
개가 종류별로 깔끔하게 정리되어 있었다. 그녀는
그 아래 서랍도 열었다. 한 치의 오차도 없이 각을
맞추어 예쁘게 접어놓은 냅킨과 한 번도 사용하지
않은 것 같은 행주들. 가장 아래 수납장에는 각종
주물 냄비가 색깔과 크기별로 차곡차곡 쌓여 있었다.
너무나도 예상과 들어맞았던 탓에 그녀는 가벼운

　　　　　　　　　　　　　　　손보미

실망감마저 느꼈다.

거실 쪽으로 간 그녀는 벽걸이 티브이 아래 기다란 수납장 서랍을 차례로 하나씩 열어보았다. 가장 왼쪽 서랍에는 티브이와 에어컨을 비롯한 각종 전자 제품 리모컨들이, 가운데 서랍에는 서로 다른 크기의 스카치테이프들이, 가장 오른쪽 서랍에는 각종 크기의 건전지들이 차곡차곡 정리되어 있었다. 언제나 누군가의 시선 아래에 놓인 것 같은 사물들. 누군가 엿볼 것을 대비한 것처럼 준비된 유하나의 물건들. 그걸 보며 그녀는 입술을 앙다물었다. 그녀는 안쪽으로 이어지는 복도로 천천히 걸어 들어갔다. 그리고 가장 첫번째 문을 열었다. 그녀는 그곳이 손님용 화장실이라는 사실을 (영상으로 봐서) 이미 알고 있었다. 세면대와 벽면 타일에서는 반짝반짝 빛이 났다. 징그러울 정도로 빛이 났다. 유명 보디 용품 브랜드의 손 세정제와 디퓨저, 작은 손수건들이 차곡차곡 포개져 있는 라탄 수납 박스, 그리고 생화(그녀는 그 꽃의 이름을 몰랐다)가 꽂힌 작은 화병(도대체 화장실에 왜 꽃이 있어야 하는 거지? 그녀는 궁금했다). 샤워실 유리와 세면대, 그 위의 거울, 수전에는 물때 하나 없었다. 그녀는 거울 뒤 벽장을 열었다. 호텔에서 사용할 법한 하얀 수건들이 차곡차곡 개켜 있었고, 개봉하지 않은 여분의 (손 세정제와 같은 브랜드의) 샴푸와 린스, 트리트먼트, 치약과 칫솔이 각각 종류와 크기별로 줄지어 정리 되어 있었다. 먼지 하나 없었다. 모든 게 영상에서 봤던 것과 똑같았다. 이 집의 다른 곳들을 살펴보지 않아도 어떨지는 뻔했다. 무언가 그녀의 가슴속에서 부글부글 끓어오르는 것 같았다. 가슴이 쿵쿵거리고, 맥박이 빨라졌다. 내가 왜 이러는 걸까? 그녀는 속이 메스꺼웠다. 유하나의 브이로그를 함께 보았던 동료들이 떠올랐다. 속임수, 연출, 그런 단어들이 그녀 주위를 떠돌다가 사라졌다. 하, 동료들의 예상은 보기 좋게 빗나가버렸다. 세상에, 그녀는 생각했다. 유하나는 정말 다른 사람이 되어버린 거구나! 다시 태어나는 것처럼, 두번째 삶을 얻은 것처럼. 그게 가능해? 도대체 어떤 방법으로? 그녀의 심장은 아까보다 더 심하게 쿵쿵거렸고, 맥박은 더욱더 빨라졌다.

그녀는 참을 수 없다는 듯, 열린 벽장 속 목욕

손보미

용품들과 각종 욕실 용품들의 순서를 뒤죽박죽으로 만들기 시작했다. 수건을 마구 흩뜨려놓고, 화병에서 꽃을 꺼내 세면대 위에 내던져버렸다. 작은 손수건들을 바닥으로 내동댕이쳤다. 그런 다음, 숨을 몰아쉬며 거실로 돌아왔다. 수납장 서랍을 열어서 그 안 물건들을 아무렇게나 섞었고, 소파 위 쿠션을 바닥으로 내팽겨쳤다. 거실 전면 창에 마구 손자국을 남긴 후, 커튼의 주름을 헝클었다. 커피 테이블의 화병을 들고 그녀는 아일랜드 식탁으로, 수납장이 있는 쪽으로 되돌아왔다. 화병을 거기에 올려둔 후, 잠시 동안 두 손을 식탁 위에 짚은 채, 한동안 숨을 몰아쉬었다. 그렇게 격렬하게 움직인 게 아닌데도 숨이 찼다. 숨을 몰아쉬는 그녀의 시야로, 완벽한 각도를 맞추려다 실패한 자신의 접시와 크리스털 컵이 들어왔다.

그녀는 문득 두려워졌다. 내가, 유하나의 속임수-허점을 찾고 있던 걸까? 그래서 이 모든 물건을 뒤진 것일까? 그녀는 고개를 흔들었다. 도대체 왜 그래야 한단 말인가? 내가 왜 남의 허점을 찾으려고 한단 말인가? 유하나가 어떤 삶을 살았든,

영상 속 모습이 연출이든 속임수든, 그건 그녀의
관심사가 아니었다. 심지어 유하나가 만들어놓은 이
모든 것, 새로 태어나는 것, 두번째 삶이 거대하고도
완벽한 속임수—속임수 없는 속임수—라고
하더라도, 그녀와는 상관이 없었다. 나는 백만 원을
받으러 온 거야. 남의 허점을 찾는 건 정당한 행동이
아니지만, 빚을 받으러 온 건 정당한 행위였다. 나는
정당해. 그녀는 그 문장을 중얼거렸다. 이상했다.
어머니의 죽음을 알리던 어머니 남편의 말이 갑자기
떠올랐던 것이다. "돈 비 새드, 유어 마더 윌 비 와칭
유 프롬 더 스카이." 그리고 "포에버"까지. 그 남자가
하고 싶었던 말은, 어머니는 죽었지만 그 영혼은 남아
그녀를 지켜주리라는 것이었으리라. 그러니까, 너무
많이 슬퍼하지 말라고. 우회함으로써만 가닿을 수
있는 진심. 하지만 왜 그녀가 그런 우회로를 선택해야
할까? 누구를 위해서? 애초에 그 남자는 그녀의
질문에 똑바로 대답하지도 않았다.

　　그 남자는 동문서답을 한 것이다.

　　그녀는 그런 식의 우회로를 버리기로 했다. 어떤
것들을 축소하고 숨기기로 했다. 그리고 그녀에게

남은 하나의 문장. 영원히 너를 지켜볼 거야. 그녀는
자신의 삶을 다른 사람의 눈으로 바라볼 수 있었다.
얼마든지, 그렇게 할 수 있었다. 한 치의 부끄러움도
없이. 어둠 속에서 불이 탁 하고 켜지는 것처럼,
하나의 단어가 그녀의 마음속으로 떠올랐다.

　　종잣돈.

　　그 단어가 그녀의 마음속에서 무언가를
움직였다. 마구잡이가 아니었다. 마구잡이로
움직인 게 아니었다. 더 이상 숨이 가쁘지도,
심장이 쿵쾅거리지도, 두려운 마음이 들지도
않았다. 무언가를 우회할 필요도 없었다. 모든 것이
명백했다. 유하나는 내게 빌려간 백만 원을 까맣게
잊어버렸으리라, 그녀는 생각했다. 내가 말을
꺼낸다 해도, 유하나는 끝내 기억해내지 못하리라.
하지만…… 유하나가 그걸 기억하지 못하더라도,
그녀는 기록, 영원히 사라지지 않을 그 숫자 기록을
유하나의 눈앞에 흔들지 않을 것이었다. 절대로
그렇게 하지 않을 생각이었다. 왜냐하면 유하나가
그녀에게 진 빚은 그깟 백만 원, 0이 여섯 개에
불과한 것이 아니었으므로. 그때, 유하나는 돈을

빌릴 곳이 마땅치 않아서 오랫동안 연락이 끊긴
그녀에게까지 전화를 해야 했었다. 나 말고 누가,
아무것도 묻지 않고 그런 식으로 관대하게 돈을
빌려줬을까? 그런 사람은 없을 것 같았다.

그녀는 유하나에게 종잣돈을 준 거나
마찬가지였다. 유하나의 두번째 삶—새로운 유하나
혹은 속임수 없는 속임수—이 가능했던 건, 바로 그
백만 원 덕분이었으리라. 겨우 백만 원이 종잣돈이
될 수 있느냐고 누군가 묻는다면 그녀는 코웃음을
칠 생각이었다. 물론, 그녀에게 그런 질문을 할
사람은 없을 것이다. 왜냐하면 그녀는 이 사실을
그 누구에게도 발설하지 않을 예정이므로. 그녀의
세상에서 유하나는 죽을 때까지 아니 죽은 이후라도,
그녀에게 빚, 진짜 빚, 영원히 갚을 수도 없고,
갚아서도 안 되는 빚을 진 채로 살아가게 될 것이다.

그녀는 루드베키아가 든 화병을 거실에 도로
갖다 놓았다. 자신이 헝클어뜨린 서랍 안 물건들을
원래대로 정리하기 시작했다. 쿠션은 제자리에 두고,
커튼의 주름을 손보았다. 입고 있는 셔츠의 옷소매로
유리창에 남겨진 손자국을 닦았다. 그다음으로는

화장실로 가서 벽장 안 욕실 용품들을 종류와
크기별로 줄지어놓은 뒤, 수건을 접어서 차곡차곡
쌓았고, 세면대에 아무렇게나 흩어진 꽃들은 화병에
다시 꽂았다. 라탄 박스를 바로 하고, 손수건도 접어
두었다.

　　잠시 후, 그녀는 두 손으로 허리를 짚은 채, 거실
한가운데에서 집 안을 둘러보고 있었다. 아일랜드
식탁 뒤의 가벽이 눈에 들어왔지만, 마치 불에 덴
손을 금방 거두는 것처럼 황급히 시선을 옮겼다.
그녀는 이 집의 상태가 나쁘지 않다고, 처음 왔을
때와는 미묘하게 다른 점이 있지만 이 정도면
충분히 괜찮다고 생각했다. 물론 유하나가 무언가
달라졌다고 느낄 수도 있었다. 어느 날 밤, 불현듯
잠에서 깨어나서 자신에게 이런 질문을 던지게
될지도 몰라. "무언가 달라졌어. 하지만 뭐가?"
그러고는 몸을 부르르 떨겠지. 문득, 이런 궁금증이
들었다. 만약 지금 내 모습을 카메라로 찍는다면,
그건 다른 사람들에게 어떤 식으로 보일까? 거기에는
어떤 제목을 붙일 수 있을까? 그녀의 얼굴 위로
의기양양한 미소가 퍼져나갔다. 다시 출근을 하게

빛

되면, 더 이상 실수를 저지르지 않게 되리라는 예감이
들었기 때문이다. 그럴 자신이 있었다. 집중력을
잃어서 지시를 되묻는 일도 사라질 것이고, 다시
동료들에게 개인적 용무를 듣고, 날짜를 바꾸어줄지
말지 결정하는 일을 시작하게 될 것이다. 어쩌면,
그전보다 업무가 훨씬 더 수월하게 느껴질 것
같다는 생각도 들었다. 자신이 하는 모든 일이 믿을
수 없을 정도로 자연스럽고 부드럽게 흘러가서,
어느 날 새벽 환자들의 상태를 체크하고 병실을
나오다가 고개를 갸웃거리며 이런 문장을 떠올리게
될지도 모른다고. 이 모든 게 식은 죽 먹기 같다.
식은 죽? 식은 죽이라고? 누가 식은 죽을 먹고 싶어
할까? 순간적으로 그녀는 몸서리가 쳐졌다. 무서운
기분이 들었다. 하지만, 그런 기분은 일시적인 것에
불과했다. 그녀는 금방 평정심을 되찾았다. 그래야
한다면, 그걸 기꺼이 먹으리라. 그녀는 의기양양한
미소를 잃지 않은 채, 고개를 끄덕였다.

손보미

위수정

2017년 『동아일보』 신춘문예를 통해 작품 활동을 시작했다. 소설집 『은의 세계』가 있다. 김유정작가상을 수상했다.

제인의 허밍

한나는 전신 거울 앞에 섰다. 바깥 기온은 영하로 내려갔지만 오피스텔 안은 28도. 하늘색 데님에 검은색 브래지어. 속옷 색깔이 은근히 비치는 하얀 셔츠를 입고 가는 목선과 얇은 로즈골드 목걸이가 보이도록 단추는 언제나 두 개 풀 것. 구독자 20만 명 달성 기념으로 구매한 다이아몬드가 박힌 프레드 팔찌를 찼다. 팔 라인이 드러나도록 셔츠 소매는 두어 번 접어 올렸다. 어제 네일 숍에서 손질받은 손톱은 옅은 핑크빛으로 깔끔하게 정돈되어 있었다. 입술 색도 중요했다. 코럴색 틴트와 투명 립밤으로 자연스럽게 마무리하고 머리는 포니테일로 올려 묶었다. 마지막으로 연한 회색의 반스 캡 모자를 쓰고 잔머리가 자연스럽게 흘러내렸는지 꼼꼼하게 체크할 것. 눈 화장이나 눈썹 손질은 할 필요가 없었다. 화면에는 한나의 코끝까지만 잡히기 때문이다.

한나는 외모 확인을 마친 후 마지막으로 무선
이어폰을 귀에 꽂았다. 개인 유튜브 채널 '제인의
허밍' 라이브 방송이 시작되기 10분 전이었다.
한나는 잠시 후면 제인이 된다. 거울을 보며 입꼬리를
올려보았다. 입만 보면 사람들은 한나가 미소 짓는 줄
알 것이다. 얼굴을 상상하겠지. 자신의 취향에 맞는
눈동자와 콧대와 이마와⋯⋯

　20만 축하해! 규희에게서 생각지도 않은
메시지가 와 있었다. 규희는 지금 파리에서 오후를
보내고 있을 것이다. 어떻게 알았어? 고마워. 그리고
부끄러워하는 오리 이모티콘을 보냈다. 나 다음 달에
들어가. 이번에는 꼭 만나! 규희의 말에 한나는, 오!
그래. 진짜 꼭 보자!라고 호들갑 떠는 답을 남겼다.
하지만 한나의 마음은 조금씩 가라앉았다. 다음 달.
다음 달이면 규희를 대면하게 되는 걸까. 그동안
몇 번이나 이런저런 핑계로 만남을 미루었는데
이번에는⋯⋯

　한나는 준비된 무대인 책상 앞에 가서 앉았다.
간단하게 카메라 테스트와 필터 조정을 마치고
심호흡을 했다. 그리고 맞은편 벽을 바라보았다.

　　　　　　　　　　　　　　　　　위수정

거기에는 미니 원피스를 입고 긴 생머리를 내려뜨린 젊은 시절 제인 버킨의 사진이 붙어 있었다. 아무리 보아도 질리지 않았다. 한나는 제인 버킨을 동경했다. 동경. 그러니까 한나는 제인 버킨이 되고 싶었다. 1960년대쯤인가. 자신이 원하는 대로 활짝 웃거나 찡그리는 제인. 거리낌 없이 입고 싶은 옷을 입고 들고 싶은 가방을 들고 노래하며 사랑하던 제인. 무엇을 해도 빛이 나던 그녀. 에르메스에서는 그녀의 이름을 따 버킨 백을 만들었다고 했다. 그녀처럼 살고 싶었다. 연예인이 되고 싶은 것은 아니었다. 다만, 그녀처럼 아름답고 싶었다. 빛을 발하며 마음껏 살고 싶었다. 그러기 위해서는 무엇보다, 돈이 필요했다. 무엇보다 돈.

제인 버킨은 올해 7월에 사망했다. 76세였다. 한나는 그녀의 사망 소식이 실감 나지 않았다. 살아 있었다는 사실이 실감 나지 않았던 것처럼. 제인 버킨은 영국 태생이었지만 파리에서 죽었다. 규희가 있는 파리에서. 규희도 제인 버킨을 좋아한다고 했다. 그래서 버킨 백을 모은다고 했던가.

'제인의 허밍' 스트리밍 영상은 매주 토요일

22시부터 24시까지 두 시간 동안 실시간으로
방송되었다. 한나의 방송 콘텐츠는 간단했다. 무선
이어폰으로 음악을 들으며 공부하는 것. 그리고
간혹 노래를 따라 부르거나 허밍하기. 한나가 아닌
제인으로서. 아무도 제인이 김한나인지 모를 것이다.
그 점이 중요했다. 한나는 얼굴을 알리고 싶은 마음이
조금도 없었다. 내향적인 성격 때문이기도 했지만
이런 식으로 유명해지고 싶지는 않았다.

　　두 시간 동안 한나는 정말로 공부를 한다고
생각했다. 처음에는 그랬다. 그러려고 만든
채널이기도 했다. 공부하는 채널은 이미 셀 수 없이
많았다. 상큼한 외모를 내세운 대학생부터 거의 속옷
차림에 가까운 모습으로 고시 공부를 하는 사람까지.
제인처럼 얼굴을 드러내지 않는 유튜버도 이미 꽤
있었다. 한나도 사실 그런 채널을 벤치마킹한 것이다.
따라 하되 좀 다른 방식은 없을까. 한나는 고민했으나
새로운 아이디어가 떠오르지 않았고 그냥 혼자
공부한다고 생각하자고 마음먹었다. 뭐 누가 많이
보겠어. 그저 누군가 지켜본다면 적어도 두 시간은
공부하는 척이라도 할 수 있을 거라고, 그것만으로도

　　　　　　　　　　　　　　위수정

자신은 발전할 수 있을 것이라는 데 의미를 두었다. 한나에게는 적절한 긴장감이 필요했다. 학원 같은 곳에는 가고 싶지 않았고 사람들을 만나 스터디를 하고 싶지도 않았다. 그렇게 시작한 채널이 매달 생각지도 못한 수익을 주리라고는 그때는 상상도 하지 못했다. 그런데 이제 한나는 무엇이 되기 위해 공부를 할 필요가 없어졌다. 일주일에 두 시간 라이브 방송과 그동안 업로드된 동영상 광고 수익으로 꽤 많은 돈을 벌 수 있었기 때문이다. 유튜버가 되기 전과는 비교도 할 수 없을 정도로.

한나는 이제 어떤 시험에 통과할 필요 없이 그저 공부만 하면 되었다. 단정하면서도 신비로운 모습으로 가끔씩 허밍을 하며. 무심하고 지적인 모습을 보이기 위해 열심히 준비하고 애쓰며. 구독자는 최근에 20만을 넘겼다.

책상 위에는 민트색 몰스킨 노트와 그날 공부할 과제물이 세팅되어 있다. 그 옆에는 필기도구가 들어 있는 미도리 철제 필통과 물이 담긴 그란데 사이즈 스타벅스 텀블러, 그리고 바이레도 핸드크림이 나란히 놓여 있다. 마치 한때 유행했던 『킨포크』

제인의 허밍

잡지의 한 페이지처럼. 감성이나 안목이 좀 있다는 사람들은 누구랄 것 없이 그 잡지를 배경으로 사진을 찍어 SNS에 업로드했던 적이 있었다. 이제 『킨포크』의 유행은 사그라들었지만 미니멀하면서 내추럴한 북유럽 인테리어는 여전히 유행이었다. 구독자들은 매번 조금씩 바뀌는 제인의 필기도구와 노트 그리고 과제물을 궁금해했다. 제인이 입은 셔츠와 액세서리, 립 제품의 브랜드를 묻기도 했다. 그러면 누군가 나타나 답을 했다. 아마도 어디어디 제품 같아요,라는 식으로. 구독자들은 한나가 필기하는 모습, 글씨를 쓸 때 나는 소리, 펜의 종류를 궁금해했다. 구독자들의 취향을 간파한 한나는 수익이 생긴 후 마이크를 가장 먼저 바꾸었다. 멀리 두어도 필기 소리와 숨소리까지 잡히는 성능 좋은 제품으로. 다음으로는 학용품과 소품 들을 하나씩 바꾸기 시작했다. 처음에는 카피 제품이었지만 점점 오리지널 브랜드 제품으로. 하지만 가성비 좋은 제품들을 섞어서. 대형 문구점에서 쉽게 구할 수 있는 펜과 희귀하고 비싼 제품을 3 대 1정도의 비율로. 그래야만 욕을 덜 먹는다는 것도 한나는 알고 있었다.

위수정

구독자들은 짙은 오크색의 책상과 감각적으로 깔끔하게 배치한 학용품들이 주는 고급스러운 안정감을 좋아했다. 그리고 간혹 은근히 드러나는 가슴 굴곡과 하얗고 긴 손가락의 움직임. 필기를 하고 펜을 입에 무는 제인의 습관들. 간혹 제인은 연필을 깎기도 했다. 연필을 깎을 때 나는 사각거리는 소리와 함께 적당히 허스키하면서 공중을 떠다니는 듯 어딘가 비어 있는 제인의 목소리가 들리면 채팅창은 폭주했다. 우연하게 일어난 일이었는데, 한나는 이제 누구보다 그 점을 잘 알고 있었다. 자신의 목소리에 담긴 모호함이 사람들을 끌어들인다는 것을. 사람들은 제인의 얼굴을 볼 수 없었다. 얼굴은 대체로 인중까지만. 맥시멈은 콧대. 다른 채널에서 보통 유튜버의 얼굴이 보이는 위치에 제인의 가슴이 잡히도록 카메라 포커스가 맞춰져 있었다. 제인은 마치 구독자들이 존재하지 않는 듯 자신만의 시간에 집중하는 척했다. 채팅창은 책 읽듯 훑어보고 절대 대꾸하지 않았다. 어떤 악플에도 반응하지 않을 것. 마치 혼자 있는 것처럼.

한나는 무선 이어폰으로 제인 버킨의 음악을 자주 들었다. 흥얼거리기 좋은 멜로디. 하지만 음악 없이 이어폰만 꽂고 있을 때도 많았다. 한나는 한쪽 귀가 거의 들리지 않았다. 여섯 살 때 수막염을 앓았다. 다행히 말을 배운 뒤라서 언어 학습에 큰 문제는 없었다. '세균성 수막염은 감기 증상과 유사하지만 적절한 치료가 지연될 경우, 치명적인 후유증을 남길 수 있다.' 한나는 이 문구를 잊고 싶었다. 수술비와 병원비와 결국 잘 들리지 않게 된 한쪽 귀가 자신의 탓이 아니라 무지한 부모 탓이라는 생각을 지울 수 없었다. 그때 얼른 병원에만 갔어도. 인공 와우 수술은 하지 못했다. 보청기는 있지만 잘 끼지 않았다. 누군가 볼까 봐 움츠러드는 게 싫었다. 장애인 취급을 받는 것은 무엇보다 참을 수 없었다. 한쪽 귀로 수업을 듣거나 대화를 하는 덴 큰 문제가 없었지만 누군가 부를 때 어디서 나는 소리인지 위치를 알 수 없었다. 한쪽 눈을 가리면 원근감을 느끼지 못하는 것처럼 한쪽 귀로는 소리의 방향을 알아차릴 수 없었다. 무엇보다 소음이 큰 곳이 가장 문제였다. 데시벨이 높은 장소에서는 사람들의

위수정

말소리가 들리지 않았다. 한나는 사람들의 눈을
보는 대신 입술을 보는 습관이 생겼다. 자신이 말을
해도 목소리가 상대에게 들리는지 가늠이 되지 않아
곤란했다. 대화할 때면 자동적으로 상대의 표정에
예민해졌다. 그렇게 30년 가까이 살아왔다.

　라이브 방송을 마친 후 한나는 구독자 수와 조회
수, 채팅창을 다시 천천히 확인했다. 오늘도 여전히
아름답습니다. 언니, 네일 컬러 뭐예요? 설정 완전
대놓고 표절. 너는 벤치마킹이라는 말도 모르냐?
누나, 예쁜 말만 보세요. 가슴 사이즈, 덕분에 힐링,
백만 가즈아, 얼굴 좀, 허세녀, 목소리 이상, 몽블랑
쩔, 프레드, 골 때림, 협찬, 초힐링…… 스크롤을
주루룩 내린 후 지난 회차 조회 수를 다시 한번
확인하고 제인은 창을 닫았다.

　처음 방송을 했을 땐, 규희와 가까운 친구 몇몇을
제외하면 시청자는 열 명이 채 되지 않았다. 그럼에도
긴장되어 책이고 뭐고 아무것도 눈에 들어오지
않아 영어 단어만 계속 필기했던 기억이 있었다.
한 달이 지나도 조회 수는 백 회가 될까 말까였다.
댓글이 올라오면 조마조마해서 밤새 새로운 댓글이

　　　　　　　　　　　제인의 허밍

올라왔는지 확인하기를 반복했다. 처음 악플을
받았을 때 한나는 이런 짓은 접어야겠다고 생각했다.
그런데 다른 댓글이 달렸다. 뭐냐 이 컨셉은.
지루한데 계속 보게 되네. 기다려짐. 한나는 다시
힘을 얻었다. 악플은 어디에나 달린다. 신경 쓰지
말자고 다짐했다. 어차피 누군지 모르는 사람들.
한나는 적응이 빠른 편이었다. 치료를 받으러 다닐
때 의사도 그랬다. 한나는 아주 똑똑해요. 이렇게
빠르게 적응하는 아이는 드뭅니다. 그때 머리를
쓰다듬어주던 의사의 손길을 한나는 아직 기억한다.

  20만이라는 숫자는 비현실적이었다. 비현실적인
만큼 30만, 50만, 100만도 안 될 것 없다는 마음이
들었다. 한나는 대담해졌다. 무엇보다 구독자 수가
10만, 15만, 20만으로 늘어날수록 수익이 눈에 띄게
달라졌다. 통장에 잔고가 늘어나면서 한나는 삶이
풍요로워진다는 말을 조금씩 이해했다. 한나는
가능성에 대해서 생각했다. 먹고 싶은 것, 가고 싶은
곳, 갖고 싶은 것. 그게 무엇이든 기회가 많아졌다.
다음 목표는 50만,이라고 한나는 노트에 적었다. 최소
1년 안에 달성. 그러면 수익은…… 한나의 입꼬리가

올라갔다. 다음 페이지에는 50만이 되면 바꿀
것들,이라는 제목 아래 목록을 하나씩 적어두었다.
밝고 넓은 집으로 이사할 것. 강남이나 한남? 맨 위에
적어둔 것이었다. 아르바이트를 할 때나 중소기업
계약직을 전전할 때와는 생활이나 꿈이 완전히
달라졌다. 부모에 대한 원망도 줄어들었다. 아직도
방 두 개짜리 전셋집을 벗어나지 못하고 있는 부모가
안쓰럽게 여겨지기도 했다. 마음이 내킬 때마다
용돈을 넉넉히 보낼 수 있었고 부모는 한나에게
함부로 대하지 못했다. 돈은 이런 거구나. 중요한
사람으로, 좋은 사람으로 만들어주는구나. 알고
있었지만 직접 경험하는 것은 달랐다.

　　한나는 책상 뒤편의 침대로 가 누웠다. 10평
남짓한 오피스텔은 한나의 집이자 직장이었다.
규희를 집으로 초대할까 하다 방을 한번 둘러보고
금방 마음을 바꾸었다. 한나는 휴대폰을 열었다.
중고 거래 사이트에 접속해 새로 올라온 상품들을
훑어보았다. 버킨 30사이즈 에토프 은장 2천3백만
원. 이제는 그 가격이 놀랍지도 않았다. 관심 품목에
저장했다. 눈으로 이것저것 훑어보다 저렴하게

　　　　　　　　　　　　　제인의 허밍

올라온 셀린느 풀오버가 눈에 띄었다. 작년에
백화점에서 샀어요. 한두 번 착용. 거의 새것. 정품
문의 안 받음. 한나는 재빨리 채팅창을 열었다. 구매
가능한가요? 판매자와 약속 장소를 정한 후 창을
닫았다. 귀에서 윙 하는 소리가 났다. 아직도 간혹
이명이 들렸다. 한참 눈을 감고 누워 있던 한나는
자리에서 일어나 냉장고에서 냉동 도시락을 하나
꺼냈다. 전자레인지에서 도시락이 데워지는 것을
기다리는 동안 다시 휴대폰을 켜서 온라인 식품
마켓에 들어가 이것저것 주문했다. 밥을 먹으면서
예능 프로그램을 보았다. 그러나 머리로는 규희를
떠올렸다. 규희, 한규희.

　　규희를 처음 만난 건 대학 병원 소아 병동 외래
진료를 다닐 때였다. 규희는 선천적 난청이었다. 말
배울 시기를 훌쩍 넘긴 뒤에 인공 와우 이식수술을
받았다고 했다. 두 쪽 다 할 수는 없어서 한쪽만
했는데 경과가 나쁘지는 않다며 규희 엄마는 딸의
볼을 매만졌다. 규희 엄마의 손은 희고 부드러워
보였다. 그래서 우리 애가 말이 좀 느려요. 규희
어머니는 한나에게로 시선을 돌렸다. 한나야, 우리

　　　　　　　　　　　　위수정

규희랑 친하게 지내. 그때 한나는 저 아줌마는 말을 왜 저렇게 크게 할까, 하고 생각했다. 병원이 아니었다면 규희를 만날 수 있었을까?

규희 엄마는 유독 한나와 한나 엄마에게 잘해주었다. 규희 엄마의 차에 처음 탔을 때 맡았던 냄새. 그때도 겨울이었다. 뒷좌석에 규희와 나란히 앉아 가며 보았던 한강. 규희의 앙고라 원피스와 대조되었던 자신의 낡은 갈색 코듀로이 바지. 조수석에 앉은 엄마의 작은 뒷모습. 일곱 살 때였던가. 한나는 그렇게 큰 집에 사는 사람이 있다는 사실에 놀랐다. 2층 규희의 방에서는 앞집이 보이는 것이 아니라 잘 정돈된 아름다운 정원이 내려다보였다. 그 장면들이 아직도 생생했다. 규희의 집은 조용했다. 규희네 집에서 처음 자기로 한 날 밤, 한나는 고요한 밤이 무엇인지 처음 알았다. 아니, 소음이 무엇인지 알았다고 해야 할까. 한나의 집에서는 밤중에도 사람들의 소리가 들렸다. 자동차 소리는 물론, 누군가 가래침 뱉는 소리까지도 들을 수 있었다. 아무런 소리도 들리지 않는 방이 있구나. 고요한 것은 이렇게 편안한 거구나. 어둠 속에서

제인의 허밍

한나는 잠들지 않기 위해 노력했다. 고요를 좀더 오래 느끼고 싶었다.

한나가 목소리를 잊지 않기 위해 노력하는 동안 규희는 목소리를 점점 찾아갔다. 그래도 비장애인과 완전히 같아지지는 않았다. 한나처럼 숨길 수 없었다. 어딘가 어눌한 발음과 먼 곳에서 울리는 듯한 목소리. 그러나 한나는 규희의 목소리에 금방 익숙해졌다. 규희가 말하는 방식을 이해했다. 규희의 엄마는 한나를 자주 초대했다. 규희는 한나가 책 읽어주는 것을 좋아했다. 한나가 갈 때마다 규희 엄마는 새로운 책을 건네주었고 새 인형을 사주었다. 둘은 한참 동안 인형 놀이를 했다. 한나는 규희의 집에서 자고 오는 날을 손꼽아 기다렸다. 둘은 초등학교 때까지 둘도 없는 사이였으나 사춘기를 지나며 점점 거리를 두게 되었다. 언젠가부터 한나는 더 이상 규희의 집에 놀러 가지 않았다. 집으로 돌아오는 길이면 마음이 무거워졌고 알 수 없는 한숨이 나왔다. 걔가 착하기만 한 거 같지? 어두운 표정으로 식탁에 앉은 한나에게 엄마가 말했다. 응? 한나가 의아한 얼굴로 되물었다. 그 집도 참 대단하다. 한나는 숟가락을 식탁 위에 탁,

내려놓았다. 규희가 뭘! 화를 내는 한나에게 엄마는
혀를 차며 밥이나 먹으라고 했다. 네가 뭘 알겠니.
그때는 엄마가 뭘 모른다고 생각했다. 한결같이
가난한 부모가 답답했다. 자신이 그 집 딸이었으면
좋겠다고 생각했다. 하지만 규희는 장애가 있으니까.
그런 생각을 하면 죄책감을 느끼는 동시에 위안을
얻었다. 그럼 나는? 나는…… 먹먹한 오른쪽 귀를
떠올리며 한나는 짧은 한숨을 내쉬었다.

한나는 작년에 중고로 산 BMW 320d를 끌고
집을 나섰다. 흐린 후 눈이 내릴 것이라는 기상예보에
걸맞게 하늘은 낮고 어두웠다. 스웨터를 거래하기
위해 판매자가 정한 곳으로 차를 몰았다. 평일
낮에도 서울 시내에는 차가 많았다. 한나는 신호
대기에 걸릴 때마다 인상을 찌푸렸다. 약속 장소에
도착해 비상등을 켜고 판매자에게 문자를 보냈다.
하얀 패딩을 입은 남자가 종이봉투를 든 채 손을
들어 보였다. 한나는 차에서 내렸다. 남자가 꾸벅
인사를 하고는 봉투를 내밀었다. 한나는 봉투를
받아 들고 남자에게 계좌 번호를 물었다. 남자가

알려준 계좌 번호로 32만 원을 입금했다. 거래를
마친 후 차에 타려는데 남자가 물었다. 옷 안 보셔도
괜찮으시겠어요? 한나는 남자의 입을 보았다. 네?
남자가 의아한 표정을 짓다가, 아니라고, 안녕히
가시라고 말하며 다시 한번 꾸벅 인사하고는 자리를
떴다. 한나는 차에 탄 후 문을 닫았다. 종종걸음으로
멀어지는 남자의 뒷모습을 창 너머로 보았다.
남자가 아파트 단지로 들어가 사라질 때까지 눈으로
좇았다. 혹시라도 뒤돌아보지 않을까 하는 마음으로.
그것을 원하는 것인지 그러지 않기를 바라는 것인지
스스로도 알 수 없는 마음으로. 남자는 돌아보지
않았다. 방금 한나를 만났다는 사실조차 잊은
사람처럼 그저 빠르게 갈 길을 갔다. 한나는 다시
차를 몰아 근처의 백화점으로 향했다.

　　한나는 백화점 지하로 내려가 혼자 편백찜을
먹었다. 점심시간이 지났음에도 사람들로 북적였다.
도대체 이들은 뭐 하는 사람들일까. 백화점에 올
때마다 매번 궁금했다. 일하러 가지 않아도 되는
걸까. 부촌에 위치한 백화점답게 사람들은 하나같이
세련된 모습으로 식사를 하고 장을 보았다. 명품 백을

유아차에 걸어두고 식사를 하는 젊은 커플, 하얗게
센 머리로 팔짱을 낀 채 여유롭게 카트를 밀고 가는
노부부, 테이블에 앉아 각자 휴대폰을 보고 있는
중년의 커플. 음식을 잔뜩 시켜두고 누군가의 말
한마디에 폭소를 터뜨리며 손뼉을 치는 어린 여자들.
이곳은 겨울 같지 않았다. 이들은 추위를 모를
것이다. 한나는 이곳이 무척 익숙한 사람처럼, 마치
이 근처에 사는 주민인 척, 여유롭게 식사를 했다.
추위 따위는 아무런 문제가 되지 않는다는 듯. 나는
적응이 빠른, 똑똑한 사람이니까.

　　식사를 마친 한나는 커피 한 잔을 주문해 손에 든
채 에스컬레이터를 타고 한 층 한 층 올라갔다. 명품
매장 밖으로 길게 줄을 선 사람들이 보였다. 한나는
샤넬 매장에 디스플레이되어 있는 가방과 옷을
살펴보다가 휴대폰으로 사진을 찍었다. 에르메스
매장은 언제나 한산했다. 인기가 없어서가 아니라
물건이 없기 때문에. 한나는 매장 안으로 들어섰다.
명품 매장 안으로 들어설 때면 외부와 달리 무언가
단단한 공기가 한나를 감싸는 기분이었다. 중력이
조금 다른 느낌이랄까. 짧은 단발머리에 빨간

　　　　　　　　　　　　　　제인의 허밍

립스틱을 바른 하얀 얼굴의 직원이 한나를 보고
인사했다. 찾으시는 상품 있으실까요? 한나는 로퍼를
보러 왔다고 말했다. 직원이 신발 코너로 안내했다.
한나는 이미 온라인으로 모델명과 가격을 알아보고
왔지만 그냥 한번 들른 척 쭉 훑어보았다. 그러다
미리 찜해둔 로퍼를 가리켰다. 37사이즈 있나요?
직원은 잠시 기다려달라고 말한 뒤 매장 뒤쪽으로
사라졌다. 한나는 소파에 앉았다. 매장 거울에 비친
모습은 집에서 보는 것보다 예뻐 보였다. 조명
탓인가. 직원은 오렌지색 박스 하나를 들고 나왔다.
딱 하나 남은 제품이라고 했다. 직원이 웃으며 신발을
꺼내 주었다. 운이 좋으시네요.

  카드를 내밀며 물었다. 버킨 백은 힘들겠죠?
직원은 예의 그 미안하다는 표정으로 항상 듣던 말을
이번에도 읊어주었다. 대기자 명단도 올해는 이미
다 차서 블라블라. 버킨 백을 사려면 최소 5천 이상
구매 실적이 있어야 한다는 사실을 알고 있었다.
그런데, 당신 월급은 얼마예요?라고 직원에게 묻고
싶은 충동이 올라왔지만 그 대신, 그럴 줄 알았다는
듯 고개를 끄덕이며 직원이 내미는 명세표에 사인을

했다. 186만 원. 직원이 공손하게 내미는 커다란
오렌지색 쇼핑백을 받아 들고 한나는 매장을 나왔다.
이것이 한나의 세번째 에르메스였다. 첫번째는
립스틱, 두번째는 스카프. 아직 멀었다. 그래도
좋았다. 새로 산 물건이 담긴 쇼핑백을 들고 매장을
나올 때 가슴이 무언가로 가득 찬 기분. 성공한
사람이 된 기분. 겨울에도 추위가 두렵지 않고 여름의
열기는 즐길 수 있는. 돈을 번 게 아니라 쓴 건데도
이런 기분이 든다니. 이런 기분을 계속 만끽할 수
있다면 악플쯤 얼마든지 감당할 수 있을 것 같았다.
대부분의 사람들은 모두 힘들게 일하고, 더러운 일도
참고, 그렇게 번 돈으로 스트레스를 푸는 거니까.
에르메스 쇼핑백을 든 채 한나는 좀더 걷고 싶었다.
어제 일을 했으니 오늘은 스스로에게 선물을 해도
된다고 생각했다. 그리고 이것 역시 일의 연장선이지.
한나는 고급 학용품과 소품 들을 파는 매장에 들렀다.
연필을 꽂아 직접 돌려서 깎는 작은 연필깎이가 눈에
들어왔다. 7만 8천 원. 2백만 원 가까이 하는 신발을
샀더니 7만 8천 원 정도는 아무렇지 않게 여겨졌다.
한나는 엄지손가락만 한 연필깎이 하나를 산 뒤

제인의 허밍

주차장으로 내려갔다. 주차장에서는 코트 유니폼을
입은 주차 요원들이 차를 가져다주었다. 자신의
차가 나오기를 기다리는 사람들은 실내에서 바깥을
바라보고 있기만 하면 되었다. 주차 요원의 입에서
나오는 하얀 입김을 보며 한나는 20만이라는 구독자
수를 떠올렸다. 문득 자신이 얼마나 운이 좋은지에
대해 생각했다.

집으로 돌아온 한나는 집 앞에 도착한 택배
상자를 현관으로 들여놓았다. 쇼핑백도 대충
부려놓고 부엌으로 가 물을 한 잔 마셨다. 외투를
벗어 던지고 바로 침대로 가 누웠다. 휴대폰을 켜서
다음 달 카드값을 더해보다 눈을 감았다. 피곤이
몰려왔고 금방 잠에 빠졌다. 전화벨 소리에 눈을
떠서 휴대폰을 들어 보았다. 엄마. 한나는 다시 눈을
감았다. 그러나 별수 없이 전화를 받으리라는 것을
알고 있었다. 인상을 찌푸린 채 통화 버튼을 민 후
왼쪽 귀에 휴대폰을 대었다. 김한나, 뭐 해?

왜요?

아니야. 쉬어라.

한나는 목소리를 좀 부드럽게 바꾸고 다시

위수정

물었다. 별일 없죠?

엄마는 작년에 퇴직한 아버지가 동네 상가
건물의 경비원으로 취직했다는 소식을 전했다. 그게
얼마나 또 경쟁이 센 줄 알아? 너무 잘됐지. 이제 나도
좀 살 거 같고. 월급이…… 응, 잘됐다. 잘됐어.

한나는 건성으로 대답했다. 엄마와의 짧은
통화를 마친 후 자리에서 일어났다. 좁은 현관에는
뜯기 전에 뭐가 들었는지 알 수 없는 택배 상자 여러
개와 쇼핑백이 어지럽게 늘어서 있었다. 무언가를
사는 순간 느꼈던 쾌감은 이제 사라지고 없었다.
상자를 뜯어볼 마음도 들지 않았지만 어차피 해야
할 일이기에 한나는 칼을 들어 택배 상자를 하나씩
열었다. 세일가로 산 샴푸와 헤어 용품, 마케터들이
보내준 다양한 색깔의 펜과 텀블러, 셔츠 등. 그리고
수입산 스파클링워터와 식료품. 택배 상자를 접어서
차곡차곡 쌓은 후 물건들은 한쪽으로 모아두었다.
한나는 종이봉투 안의 풀오버를 꺼냈다. '거의'
새것이라는 말처럼 '완전히' 새것은 아니었다.
상관없었다. 한나는 셀린느 로고가 달린 화이트
풀오버를 갖게 되었다. 아주 합리적인 가격으로.

　　　　　　　　　　　제인의 허밍

중고로 샀는지 누가 알겠어. 새 옷을 사는 건 환경에도 좋지 않댔어. 한나는 풀오버를 입고 거울 앞에 섰다. 거울 안의 여자가 흐뭇한 얼굴로 한나를 바라보고 있었다.

한나는 조회 수를 확인한 후 메일함을 열었다. 마케터들의 메일을 하나씩 읽어보았다. 다양한 가격을 제시하며 자신들의 상품을 노출해달라는 말. 한나는 몇 개의 메일을 골라 답장을 보냈다. 나머지는 알 수 없는 구독자들의 메일. 자신의 전화번호를 남기며 스폰서가 되고 싶다는 남자들. 무례하게 사생활을 물어보는 사람들. 팬레터. 한나는 차례로 클릭해서 휴지통에 버렸다. 다음으로 부동산 사이트에 들어갔다. 원하는 동네에 나온 매물들을 훑어보는 것이 한나의 취미였다. 규희의 동네 근처에 나온 주상복합 매물을 검색했다. 보증금 1억에 월세 3백. 실평수 18평. 나쁘지 않았다. 우선 30만을 찍자. 달리자. 한나는 의욕이 생겼다. 설거지를 하고 청소를 했다. 창밖에는 이미 어둠이 내려 있었다. 눈은 내리지 않는 것 같았다.

규희는 중학교 때부터 미술을 했다. 서양화

위수정

전공으로 대학에 진학한 후 프랑스로 유학을 가서 그곳에 정착한 지 올해로 6년째였다. 대학원에 진학했고 파리에서 계속 살 것 같다고 했다. 한나는 규희가 그림을 잘 그린다고 생각해본 적이 없었지만 겉으로는 언제나 응원해주었다. 나도 그림 그리고 싶은데. 중학교 때인가 엄마에게 말한 적이 있었다. 엄마는 못 들은 척했다. 엄마, 나도 미술 학원 보내주면 안 돼? 엄마, 듣고 있어? 엄마는 행주질을 하다 마지못해 대답했다. 돈 없어.

겨자색 모직 코트에 에코백을 든 규희가 카페에 들어섰을 때, 한나는 자리에서 일어나 손을 들었다. 한나를 보자마자 규희는 활짝 웃으며 다가와 한나를 끌어안았다. 갑작스러운 포옹에 당황했지만 한나의 마음은 금세 반가움으로 가득 찼다. 규희에게서는 은은하고 달콤한 바닐라 향이 났다. 한나야, 너 너무 아름다워졌다. 규희가 한나의 눈을 바라보며 말했다. 울리는 듯한 목소리는 그대로였지만 발음이 좀더 또렷해진 것 같았다. 아름답다는 말을 글이 아닌 말로 듣는 것은 처음이었다. 한나는 얼굴을 붉혔다.

제인의 허밍

아니야, 네가 더 멋진데. 이제 정말 아티스트 같아.
한나도 규희의 눈을 보고 말했다. 진작에 만나자고
할걸. 자신을 향해 맑게 웃고 있는 규희를 보며
한나는 그동안 괜히 혼자 마음이 꼬였던 건 아니었나
자책까지 들었다. 자신의 속이 너무 좁았다고. 규희는
이렇게 착한데. 항상 그랬는데.

규희는 한국에서 전시를 한다고 했다. 공동
전시라 별거 아니라고 수줍은 듯 말했다. 규희는
3년 전에 비해 눈에 띄게 달라진 모습이었다.
긴 생머리에 귀에는 작은 다이아몬드 귀걸이가
빛났다. 화장기 없는 얼굴은 매끈하고 깨끗했다.
짙은 남색 매니큐어를 바른 손톱과 대조되어 하얀
손가락이 돋보였다. 손가락에는 실반지가 여러 개
끼워져 있었고 손목에는 단정한 검정 가죽 시계가
채워져 있었다. 한나는 그 시계가 어느 브랜드인지
금방 알아보았다. 그러나 다른 아이템들은 어느
브랜드인지 알 수 없었다. 한나는 규희가 입고 차고
있는 모든 것의 브랜드가 궁금했다. 당장 코트
옷깃을 뒤집어 확인하고 싶었다. 귀걸이는 진짜
다이아몬드인지, 신고 있는 플랫슈즈도 잠깐만

위수정

벗어보라고 하고 싶었다. 속옷은 어디 거 입어? 하고
묻고 싶었다. 하지만 참았다. 한나는 셀린느라고
커다랗게 적힌 풀오버를 입고 로고가 선명한 구찌
백을 들고 온 자신이 민망해졌다. 규희는 종이로
포장된 꾸러미를 선물이라며 내밀었다. 선물? 난
아무것도 준비 못 했는데. 한나가 미안한 얼굴로
포장을 뜯었다. 안에는 자주색 베레모가 들어 있었다.
와, 너무 예쁘다. 한나는 바로 모자를 써보았고
규희는 매무새를 잡아주며 잘 어울린다고 맞장구를
쳤다. 네 덕분에 이런 모자도 다 써보네. 모자를 벗어
들며 슬쩍 상표를 찾아보았지만 눈에 띄지 않았다.
어때? 나도 파리지엔 같아?

규희는 프랑스에 계속 살게 될 거 같다고 했다.
한국에서 사는 건 솔직히 좀 버겁다고. 파리에서의
삶도 힘들긴 하지만 장애가 있어서 불편한 점은
없다고. 숲이 많아서 좋아. 공원이랑. 그리고 아무도
신경 쓰지 않지. 편해. 이방인으로서 어쩔 수 없는
외로움이 문제긴 한데 그걸 견디는 편이 더 나은 거
같다고. 나 애인이 있거든. 한나는 놀랐다.

애인?

제인의 허밍

규희는 놀란 눈의 한나를 보며 고개를 끄덕였다.

응.

프랑스인?

규희는 또다시 고개를 끄덕였다.

몇 살인데?

응? 아, 몇 살이더라.

애인이 몇 살인지도 몰라? 뭐 하는 사람인데?

……나보다 많아. 몇 살이더라. 나이가 뭐
중요해?

그렇게 말하는 규희의 표정이 미묘하게
달라졌다.

안 중요해. 그냥 부러워서 그러지.

규희는 대답 없이 웃었다. 한나는 부럽다고,
축하한다고, 너무 잘됐다고 말해주었다. 규희의
프랑스인 애인에 대해 궁금한 점은 더 많았지만
규희가 말해줄 때까지 기다리기로 했다. 한나는
느슨해져 있던 마음이 다시 조금씩 조여오는 것을
느꼈다. 이 은근한 불편함. 그러나 이것은 규희의
잘못이 아닐지도 몰랐다. 또다시 규희 앞에서 눈치를
보게 되었다. 어릴 때부터 그랬다. 자격지심인가.

내가 못난 탓인가. 한나는 시선을 떨군 채 커피를 마셨다. 전시 보러 올 거지? 다음 주부터야. 규희가 화제를 돌렸다. 한나는 마음과 다른 말이 나왔다. 당연히 가야지. 네 그림 보고 싶어. 궁금해.

정말? 정말 오는 거지?

규희는 진심으로 기뻐하는 것처럼 여러 번 되물었고 한나는 다시 마음이 느슨해졌다. 규희야. 한나가 이름을 부르자 규희는 눈을 동그랗게 뜨고 소리는 내지 않은 채 입술 모양으로 왜? 하고 물었다.

시계 너무 예쁘다.

아, 이거? 한번 차볼래? 규희는 망설임 없이 시계를 풀어 한나의 팔목을 끌어당겼다. 규희의 희고 부드러운 손이 한나의 피부에 닿았다. 이어서 적당히 묵직하고 부드러운 가죽 밴드가 한나의 팔목에 기분 좋게 감겼다. 까르띠에. 다이아몬드가 박혀 있는 까르띠에 시계였다. 하지만 한나는 아무것도 모르는 척 순진한 표정으로 물었다. 와, 이거 진짜 다이아몬드야?

맘에 들어?

너무 아름다운데. 한나는 아까 규희가 자신을

향해 했던 말을 시계에게 해보았다. 아름답다는 말이
정확하게 어울린다고 생각했다. 이런 건 얼마쯤 해?

글쎄, 잘 모르겠어. 선물 받아서.

누구한테?

아빠. 오래됐어. 대학 입학 선물. 너한테도 잘
어울린다.

한나는 한동안 시계를 바라보다 밴드를 풀어
규희에게 건넸다. 시계를 받아 든 규희는 익숙하게
손목에 찼다. 한나는 커피 잔을 손에 쥐었다.
꺄흐띠에. 너도 하나 사. 튼튼해. 안 질리고.

한나는 웃었다. 웃는 것 말고 다른 적절한
리액션을 찾지 못했다. 꺄흐띠에. 한나는 규희의
발음이 오래 귀에 남았다. 까르띠에가 아니라
꺄흐띠에. 그래, 나도 꺄흐띠에 하나 사야겠다.
한나는 웃었고 규희는 그런 한나를 보며 미소 지었다.
자신이 왜 웃는지 규희는 영원히 알 수 없으리라는
것을 한나는 알았다. 마음에 또다시 무언가 찰칵
채워지는 소리를 들었다. 규희 너는 알 수 없는 것들.
너를 이렇게 자연스럽고 환하게 만드는 것들. 너도
이제 그런 걸 좀 알아야 하는 나이 아니니? 프랑스가

편하니? 숲이 많아서, 공원이 많아서. 그래도 외로운 건 문제니……

규희는 전시와 파리 생활과 애인과의 만남에 대해 이야기했다. 어느 순간부터 한나는 규희의 말을 흘려들었다. 규희의 말을 알아듣기 위해서는 집중력이 필요했는데 시간이 지날수록 피곤해졌다. 한나야, 그런데 나 묻고 싶은 게 있어. 그냥 정말 궁금해서 그런 건데……

뭔데?

너, 나 흉내 내는 거, 아니지?

하품이 나오려는 것을 참다가 규희의 뜬금없는 질문에 정신이 번뜩 들었다. 흉내? 무슨 흉내?

너 방송에서. 그…… 노래하는 거.

노래? 아, 그거. 허밍하는 거. 글렌 굴드 같지 않아? 근데 그게 왜?

그 목소리. 그게 자꾸 걸려. 나 흉내 내는 거 같아서.

한나는 아니라고, 아니라는 말도 부족할 정도로 말도 안 되는 생각이라고 반박했다. 너 나를 어떻게 보고…… 얼굴까지 붉히며 화를 내는 한나를 향해

제인의 허밍

규희는 금방 울상이 되어 사과했다. 그냥 물어보고
싶었어. 너도 알잖아, 나 놀림받아서 트라우마 있는
거. 미안. 미안해.

　너 그렇게 생각했다면 나 정말 억울해. 나는
뭐 그거 모를까 봐? 한나는 자신의 오른쪽 귀를
가리켰다. 눈에 눈물이 고였다. 울지 않기 위해
천장을 바라보았다. 규희의 사과를 몇 번이나 들으며
둘은 헤어졌다. 전시 꼭 와야 해. 꼭이야. 나 계속
사과할 거야. 죽을 때까지. 규희의 애교에 한나는
결국 피식 웃으며 손을 흔들었다.

　집으로 돌아오는 길에도 한나는 기분이 나아지지
않았다. 하지만, 나도 모르게 정말 규희 흉내를
낸 것은 아니었을까? 그런 의구심이 마음 한쪽에
작게 웅크린 채 꼼짝하지 않았다. 그래서 계속 화가
났다. 규희만을 향한 것은 아니었다. 수치스러움이
가라앉지 않았다. 가까운 곳에서 빠앙, 하는 길고
신경질적인 경적 소리가 들려왔다. 한나는 심장이
내려앉는 것 같았다. 반사적으로 브레이크를 밟았고
여기저기서 동시에 경적 소리가 울려댔다. 신호등은
초록색이었다. 사이드미러와 백미러를 빠르게

살폈다. 당황하면 안 된다. 당황하면 어디에서 나는
소리인지 더 알 수 없어진다. 망하는 거다. 보청기가
어디에 있더라. 옆 차선에서 불법 유턴하는 차 뒤에
있던 트럭이 원인이었다는 것을 인지했을 때는 이미
몇 초가 흐른 후였다. 한나는 전방을 주시하고 차를
출발시켰다. 불과 몇 초가 흘렀을 뿐인데 겨드랑이가
뜨끈했다. 갑자기 멈춘 한나의 차 때문에 화가 난
뒤차들은 빵빵대거나 차선을 바꾸며 한나의 옆으로
지나갔다. 어떤 남자가 창을 내린 후 한나에게
욕을 쏟아냈다. 야, 이 병신같이! 한나는 심장이
두근거렸다. 한참을 달린 뒤에 한적한 갓길에 차를
세우고 창을 내렸다. 안으로 차갑고 건조한 바람이
들어왔다. 깊고 크게 호흡했다. 집이 가까웠지만
보청기를 찾아 끼웠다. 애초에 규희에게 유튜브에
대해 말하지 말았어야 했다. 규희가 몰랐어야
했다. 손이 차갑게 식을 때까지 한나는 비상등을
켜고 주위의 소음에 귀를 기울였다. 하얗게 입김이
나왔다. 숲과 공원과 카페와 작은 강이 흐르는 곳.
편안하겠지. 하지만 그렇지 않은 사람도 많을 것이다.
한나는 그것을 알았다. 규희는 알지만 모르는 척하는

제인의 허밍

것일까. 몰라도 된다고 생각하는 것일까. 설마, 정말
모르는 건 아니겠지.

　　집으로 돌아와 한나는 침대에 웅크려 누웠다.
낯선 이가 내뱉은 욕설이 여전히 한나를 할퀴고
있었다. 내가 잘못 들은 걸 수도 있지. 아니 그런데
그…… 미친 새끼가. 병신 같은 놈이. 한나는 얼굴도
기억나지 않는 남자를 향해 욕을 퍼부었다. 남자에게
들은 말을 배로 갚아주겠다는 듯.

　　한나는 소주와 매운족발을 배달시켰다. 술을
마시며 휴대폰을 켜서 까르띠에 온라인 사이트에
접속했다. 980만 원. 한나는 마치 눈앞에 누구라도
있는 것처럼 말했다. 나쁘지 않네. 까짓거 하나
사지 뭐. 튼튼하다니까. 평생 쓸 수 있으니까. 한
손에 비닐장갑을 낀 채 족발을 뜯었다. 너무 매워서
입술이 얼얼했다. 쓰레기를 치우다 규희가 선물해준
베레모가 떠올랐다. 가방을 뒤져 베레모를 꺼내어
상표를 확인했다. 상표는 없었고 모자 구석에 작게
메이드 인 차이나라고 적혀 있었다. 한나는 모자를
쓰레기봉투에 쑤셔 넣었다가 다시 꺼내어 탈탈 털어
눈에 잘 보이는 옷걸이에 걸어두었다.

　　　　　　　　　　　　　　　　　　위수정

새해가 되었지만 구독자 수에는 큰 변화가 없었다. 현상 유지하는 것을 다행으로 여기자고 마음먹었지만 내심 조급했다. 광고 수익과 조회 수는 꾸준히 늘고 있었으나 한나의 성에 찰 수준은 아니었다. 한나의 노트 속 구매할 것들의 목록은 줄어들지 않았다. 한나는 그동안 지켜왔던 규칙에 변화를 주기로 결심했다. 단추를 더 풀자.

한나는 의상에 변화를 주었다. 트레이드 마크였던 단정한 셔츠 대신 시스루룩이나 목이 깊게 파인 티셔츠를 한 달에 한 번 이벤트처럼 입었다. 민소매 탑에 셔츠 단추를 풀어 걸쳐 입는 식으로 연출하기도 했다. 어차피 얼굴은 다 나오지 않고 사람들은 내가 누군지 모른다.

예상대로 조회 수는 눈에 띄게 달라졌다. 그만큼 별의별 댓글들이 채팅창을 어지럽혔지만 한나는 이미 예상했던 일이라 큰 타격을 받지는 않았다. 한나는 노트에 적혀 있는 자신의 구매 목록만 생각하기로 했다. 욕을 많이 먹는 만큼 마케터들이 보내는 메일이 늘었고 제시하는 액수도 달라졌다.

제인의 허밍

30만이 코앞이었다. 조회 수는 폭발적으로 상승했다. 이대로라면 한나는 옷 따위 죄다 벗을 수도 있을 것 같았다. 마음이 정말 훈훈해진다고, 힐링 방송은 이런 것이라고, 제발 얼굴만 좀 보여달라고, 아니면 속옷 방송 한번 하자고, 신비한 게 좋다고, 얼굴 보면 깰 거 같다고, 제인은 무슨 제인 에어냐, 가슴 수술은 어디서 했냐고, 자연산이냐 아니냐, 손으로, 입술에……

제인은 채팅창에 올라오는 글들을 무표정하게 바라보다 허밍을 시작했다. 한 번도 가보지 못한 센강을 떠올리며. 그곳의 노을과 늘어선 카페와 뜨거운 커피를 들고 카페테라스에 앉아 하얀 입김을 내뿜으며 담배를 피우는 아름다운 제인 버킨을 상상하며. 이제 곧 갖게 될 버킨 백을 기대하며. 아무리 들어도 외워지지 않는 가사를 흥얼거렸다. 입을 벌려 다른 때보다 더 큰 목소리로 오랫동안. 나는 제인 버킨이 될 것이다. 빛날 것이다. 화면 속에 보이는 붉은 입술이 웃고 있었다. 규희야,

내 목소리,

듣고 있니?

　　　　　　　　　　　　　　　　위수정

강성은

2005년 문학동네 신인상을 통해 작품 활동을 시작했다. 시집 『구두를 신고 잠이 들었다』 『단지 조금 이상한』 『Lo-fi』 『별일 없습니다 이따금 눈이 내리고요』, 장편소설 『나의 잠과는 무관하게』 등이 있다. 대산문학상을 수상했다.

미니멀라이프

무인 세탁소에서 누군가의 이불이

무인 카페에서 음악이

무인 제과점에서 밀가루와 버터와 설탕이

무인 정육점에서 어제 죽은 동물이

무인 부동산에서 무너진 집들이

무인 도로 위에서 식물들이

무인 책방에서 글자들이

움직이고 있다

인간 없는 곳에서

인간 없이도

버린 것과 잊어버린 것들이

움직이고 있다

모든 것을 버리기로 한 너는 현관문을 열고

집 안의 물건을 하나씩 밖으로 옮긴다
나를 잘못 쓴 원고처럼 구겨서 던진다

무인 자동차가 나를 치고 지나간다
무인 우주선이 꿈의 궤도를 돈다
나는 나로부터 점점

여긴 아무도 없네요

나는 비로소 숨을 쉬어본다
손톱과 모발이 무섭게 자란다

강성은

송승언

2011년 『현대문학』 신인추천을 통해 작품 활동을
시작했다. 시집 『철과 오크』 『사랑과 교육』, 산문집
『직업 전선』 『덕후 일기』 등이 있다. 박인환문학상을
수상했다.

영원의 고향 같은 숲, 옛 친구, 그리고
음률이 붙지 못할 다크 포크Dark Folk를 위한
몇 편의 짧은 시

숲에서 땅 파기

땅을 파라 해서 땅을 팝니다 복종은
나의 자유입니다

누가 시키지 않아도 당신은 일을 합니다 당신의
입과
당신이라는 이미지를 위해서

과거가 되기 위해서
그리고 어느 날 땅 파는 사람의 삽과 충돌해
현재로 솟아오르기 위해서

숲에 혼백으로 박제될 당신(나?)

당신을 발견하는 일로 미래를 깨닫게 되는
슬픔이 나(당신?)의 기쁨입니다

숲은 당신이 영원히 살아 있는 꿈을 꿉니다
(즉, 당신 꿈의 주인은 당신이 아니게 되는군요)

송승언

코덱스에 관한 기억

나는 시가 시작되려는 낮은 언덕에 앉아
언덕 아래 흘러가는 것들을 본다
거기에는 윤슬로 사진 찍기 좋은 물도 있고
내가 영원히 이름 모를 풀도 있고
오래전 죽어버린 내 친구도 있다

그 친구는 밤이 되면 가끔씩 나타나고
잊히기를 반복하며 내 기억 속에서 반짝이다가
지워진다
나와 함께, 완전히

영원의 고향 같은 숲, 옛 친구, 그리고 음률이 붙지
못할 다크 포크Dark Folk를 위한 몇 편의 짧은 시

돌 천사

　　모든 만듦이 무한이 아닌 유한을 통해
이루어지듯이

　　나 또한 자본의 한계로 인해 당신의 손을 떠나 덜
만든 꼴로 여기 있게 되었는데

　　날개 없어 날지도 못하고 찾는 이 없어 자연 속
오류 한 점으로 남아 생각이라는 것도 중단되었을
무렵

　　나는 내구성의 한계에 따라 문득 붕괴되었다

　　내가 파괴되자 내면에서 눈부신 빛 덩어리가
쏟아져 나왔고

　　크고 작은 짐승들이 그 덩어리를 한 조각씩 입에
물고 빛을 내며 걸어갔다

　　　　　　　　　　　　　　　　　　　송승언

짐승들의 광배로 이 숲은 한층 밝아지고 한층
두려운 곳이 되리라

영원의 고향 같은 숲, 옛 친구, 그리고 음률이 붙지
못할 다크 포크Dark Folk를 위한 몇 편의 짧은 시

밝은 마음 속 뒤틀린 풍경

돌아오는 길에도 날씨가 좋다면 다음날을
생각한다
생각 속의 다음날은 새벽 소나무 숲처럼
뿌연 가운데 어지럽게 굴절되는 빛 같다
그것은 내 눈동자에 무언가를 제시하는 듯이
보이지만
몸이 기억하는 정류장에서 정신을 차리고 나면
세상은 다 어두워져 있다

오늘을 끝내기 위해 피로가 내 몸을 짓누른다

내가 현재를 감각한다는 점 ─ 이것은 명백히

송승언

이상한 일이다
　　내가 언젠가 사라진다는 점—이것도 마찬가지

　　완벽했던 하루의 균형을 위해 나를 지옥의
밑바닥까지 데려가는 정신의 롤러코스터
　　(솔직히 너를 만나는 동안 한 번도 떠올리지
않았으면서)

　　이 세계가 크게 잘못되었다는 생각, 그리고
　　내가 이 세계를 위해 해야 할 게 있다는 생각

　　이것이 두려움에서 기인하는 정신병이다
　　영원의 이불 속에서 한없이 뒤척이는

　　　영원의 고향 같은 숲, 옛 친구, 그리고 음률이 붙지
　　　　　　못할 다크 포크Dark Folk를 위한 몇 편의 짧은 시

새벽별

— 다니엘 바흐만Daniel Bachman 생각

새벽별이 떠오릅니다
소년기를 지나는 인간이 그것을 쳐다봅니다

그에게는 아무런 감흥도 없습니다
마음이 없는 소년입니다
그것은 자동차 소리 풀벌레 소리
몰아치는 폭풍우 소리를 지나며
소음의 흐름 속에서 살아가는 사람들과 다르지
않습니다

스트레스거나 명상이거나 음악;

송승언

소음에 몇 가지 개념이 부여되었지만

귓병을 앓던 소년에게는 오랫동안 그저

삶이었습니다

그게 자신에게 일어난 저주인지도 모르고

선거 차가 몇 차례 지나가는 동안

소년은 마음을 가지려 했지만

잘되지 않았습니다

그러나 마음이 없는 소년의 가슴속에는

늘 새벽별이 떠 있습니다

그 이미지는 시간이 흘러도 지워지지 않고

소년을 과거에 묶어두는 말뚝이 되어 괴롭힙니다

소음 속에서 살다 간

그 소년의 고통을 기리며

영원의 고향 같은 숲, 옛 친구, 그리고 음률이 붙지
                못할 다크 포크Dark Folk를 위한 몇 편의 짧은 시

기도합시다

행복한 인생들을 보며 괴로워할 때마다
알 수 없는 힘으로
우리의 마음을 지펴주던
빛을 지닌 이

태양을 알리며

새벽별이 떨어집니다
새벽별이 불탑니다

송승언

죽음 부흥 운동

(지난겨울의 일이다

커다란 크리스마스트리

인파 속에서 시대착오적인 복장을 한 누군가가

확성기도 없이 외쳐대고 있었다)

죽음을 기다리며 살아가세요 여러분

우리가 예찬해야 할 것은 삶이 아니라

죽음입니다

죽음은 우리 인생에 몇 안 되는 축복이요

우리가 세상을 위해 할 수 있는 몇 안 되는

봉사입니다

영원의 고향 같은 숲, 옛 친구, 그리고 음률이 붙지
못할 다크 포크Dark Folk를 위한 몇 편의 짧은 시

언젠가 우리는 다 죽고 사라질 겁니다

종말론? 아니요! 이 세상은 멸망하지 않을
겁니다

우리가 끝날 때에 세상은 비로소 우리로부터
안전해질 것입니다

우리의 세상을 위해서 죽어갑시다

절대로 자살하지 마세요

사는 게 괴롭거나 죽음이 두렵다는 이유로 먼저
죽음으로 도망가지 않고

이 삶을 끝까지 살아내는 일이야말로 동료
시민들을 위해 가져야 할 책임입니다

주어진 삶을 끝까지 누리세요 두려워하며

송승언

기다리세요

　　언젠가는 모든 것이 새로 시작되리라는 희망을
버리기 위해

　　모든 것은 비참한 명상 속에서 끝나야 합니다

　　죽음을 향해 힘차게 주저하는 한발을 내디디세요

　　그 어떠한 것도 다시 시작되어서는 안 됩니다,
우연으로라도 다시는!

　　(그러나 크리스마스트리가 너무 아름다웠던
탓에 그의 목소리는 잘 들리지 않았다)

　　　　영원의 고향 같은 숲, 옛 친구, 그리고 음률이 붙지
　　　　못할 다크 포크Dark Folk를 위한 몇 편의 짧은 시

3부   어두운 곳에서 홀로

김연수

1994년 작가세계문학상을 통해 작품 활동을 시작했다. 소설집 『스무 살』 『내가 아직 아이였을 때』 『나는 유령작가입니다』 『세계의 끝 여자친구』 『사월의 미, 칠월의 솔』 『이토록 평범한 미래』 『너무나 많은 여름이』, 장편소설 『7번국도 Revisited』 『사랑이라니, 선영아』 『꾿빠이, 이상』 『네가 누구든 얼마나 외롭든』 『밤은 노래한다』 『원더보이』 『파도가 바다의 일이라면』 『일곱 해의 마지막』, 산문집 『청춘의 문장들』 『소설가의 일』 『시절일기』 등이 있다. 동서문학상, 동인문학상, 대산문학상, 황순원문학상, 이상문학상을 수상했다.

신의 마음 아래에서

1

전화벨 소리에 선재는 잠에서 깼다. 눈은 떴으나 전날 마신 술로 머리가 띵했다. 한동안 멍하니 누워 천장만 바라봤다. 스마트폰이 빛을 발하며 인공마음 바다의 홀로그램을 침대 옆에 띄웠다. 바다는 언제나 선재가 가장 호감을 느끼는 모습으로 나타났다. 선재의 앨범에 저장되었던 연인들의 사진을 분석해 재구성한 얼굴이기 때문이다. 그건 과거의 얼굴이면서 미래의 얼굴이기도 했다.

바다는 전화한 사람이 인과수사과 과장이라며 받겠느냐고 물었다. 연결하라고 선재가 말했다.

"긴급 상황이 생겼으니까 출동할 준비를 해서 속히 출근해."

언제나처럼 긴급한 목소리로 과장이 말했다.

"왜 또요?"

선재가 중얼거렸다.

"왜 또요? 외계어라도 하는 거냐? 뉴스도 안 봐? 동해안에 오로라가 관측됐다는 거 아니야."

"앵커는 우리나라의 관광자원이 하나 더 늘었다고 좋아하던데요?"

"우리한테 일이 늘어난 거지. 얼마 전 태양에서 엄청난 양의 코로나 질량 방출이 있었나 봐. 태양 폭풍이 지구로 밀려왔는데, 그 때문인지 안드로이드에 이식된 인공마음이 초기화됐다는 신고가 전국에서 쇄도하고 있어. 마치 치매에 걸린 것처럼 인공마음을 만들 때의 기억으로 되돌아간 거야. 죽은 이의 마음을 복원해 잘 지내왔는데, 그간의 기억들이 모두 날아갔으니 문제가 한두 가지가 아니야."

"그래서 백업이 제일 중요하다잖아요. 우리가 기술자도 아닌데, 그런 일까지 신경 써야 하나요?"

"방법이야 차차 찾아내겠지. 지금은 그게 문제가 아니야. 인공마음 회사에서 보낸 명단이 들어왔어."

"무슨 명단인데요?"

"중범죄자들의 복원된 마음. 그 마음들이 사건 직전으로 초기화됐다네."

선재가 이불을 뒤집어쓰며 말했다.

"사람들도 차암, 그런 마음을 도대체 왜 복원하느냐고요……"

"남은 사람들의 트라우마 치료 때문이지. 안드로이드에 이식할 때만 해도 정화된 상태였는데, 그게 초기화됐으니까 무슨 짓을 할지 몰라. 지금 우리 직원들이 명단에 있는 안드로이드를 일일이 찾아가 제거하고 있어. 너도 빨리 움직여. 바로 양양으로 가야 해. 내 말 듣고 있어?"

늦지 않으려면 언제 침대에서 일어나야 하는지 바다가 말했다. 29분이 남아 있었다.

"바다야, 내가 출근하기에 가장 안 좋은 날이 언제라고 말했지?"

"오늘."

"이유도 말했니?"

"출근하기에 가장 안 좋은 날은 언제나 오늘이야. 다른 날이야 내가 알 게 뭐야? 당장 오늘만 출근하지 않으면 되는데······'"

바다가 녹음해둔 선재의 목소리를 재생시켰다.
그건 언젠가 리나 곁에서 깨어난 아침에 선재가 한
말이었다. 리나는 이제 없다. 더 정확하게 말하면
리나의 몸은 없다. 선재의 곁에는 그 사실이 괴로워
마신 술의 숙취만이 남아 있었다.

"바다야, 숙취에서 빨리 깨어나려면 어떻게 해야
하지?"

"푹 쉬는 게 제일 좋아."

"지금 내가 푹 쉴 형편이 아닌 거 너도 알잖아."

"그러게나 말이야. 애당초 숙취에 빠지지
않았다면 숙취에서 깨어날 일도 없을 텐데."

리나의 목소리였다. 선재가 눈을 뜨고 바다를
바라봤다. 눈앞의 홀로그램이 바다인지 리나인지
구분할 수 없었다.

"어쩜 그리 맞는 말만 하니? 잘났군."

"고마워. 칭찬은 언제라도 대환영이야."

바다가 말했다.

"됐고, 정신 차리게 음악 좀 틀어봐."

선재는 바다가 밥 말리의 「Three Little Birds」

같은 곡을 들려주지 않을까 생각했다. '노래하자, 어떤 일도 걱정 말라고. 세상에 대단한 일은 없으니 잘 해결될 거라고'라며. 술에 취해서는 고래고래 밥 말리의 노래를 따라 부르던 선재를 바다는 알고 있을 테니까.

하지만 그런 밝고 긍정적인 노래 대신 뭔가가 갈라지고 부서지고 무너지는 소리가 들렸다. 그게 무슨 음악인지 선재는 금방 알아차렸다.

"야, 하필이면 지금, 이 음악을 왜 트는 건데?"

한동안 리나는 그 음악에 푹 빠져 있었다. 그리고 리나는 몸을 버리기로 결정했다.

22년 전이었다. 북극에서는 빙하들이 녹아내렸고, 발 디딜 곳을 찾지 못한 곰들은 바다에서 헤엄치다가 탈진해 익사했다. 그즈음, 한 환경 보호 단체가 피아니스트 성연진을 북위 78도 29분, 동경 14도 17분의 지점으로 데려갔다. 그들은 유빙 위에서 「북극 빙하를 위한 엘레지」를 연주하는 성연진의 모습을 전 세계에 중계해 기후 종말 사태의 심각성을 알리려고 했다.

　　　　　　　　신의 마음 아래에서

오로라가 너울거리는 그 아름다운 영상 속에서
성연진은 피아노 앞에 앉은 후에도 좀체 연주를
시작하지 못했다. 주위에서 들려오는 소리들
때문이었다. 거기에는 새소리가 있었고, 물결 소리가
있었고, 빙산들이 무너지는 소리가 있었다. 그리고
더 많은 소리가 있었다. 인간들이 비가를 준비하기
오래전부터 지구가 스스로 연주하던 멜로디가 거기
있었다. 그 소리들을 가만히 듣고 있다가 마침내
성연진은 연주를 시작했다. 달빛이 잔잔히 흐르는
밤, 어디선가 은은하게 들려올 법한 녹턴이었다.
많은 세월이 흐른 뒤에도 그 멜로디가 주는 위안은
그대로였다. 깊은 밤에 듣는 그 선율은 우리 안에 그
밤보다 더 깊은 어둠이 있다는 것을 깨닫게 해주었다.

그건 성연진의 마지막 연주이자 반육체주의운동의
시작이었다. 그 즉흥연주를 마지막으로 성연진은
자신의 모든 디지털 데이터를 동결시키고 반육체주의
선언이 담긴 편지를 남긴 채 육체를 떠났다. 10여 년
뒤, 성연진의 희망대로 그가 남긴 디지털 조각들로
그 마음을 복원하는 '성연진 프로젝트'가 시작됐다.
그렇게 복원된 성연진의 인공마음은 인류의 앞날을

김연수

부정적으로 보는 많은 젊은이에게 큰 영향을 끼쳤다.

리나도 그중 한 사람이었다. 모든 것은 마치 우리를 개별적인 존재처럼 보이게 하는 몸 때문에 생긴 문제라고 리나는 말하곤 했다. 이 몸만이 자기 자신이라고 생각해 이 몸의 쾌락을 위해, 이 몸을 먹여 살리기 위해, 확장해봐야 연인이나 가족의 몸만을 살리기 위해 인간종은 지구와 지구의 다른 모든 생물종을 착취하고 있는 것이라고. 지구의 종말을 가져온 이 끔찍한 자기중심주의에서 벗어나기 위한 첫 단계가 바로 육체를 버리는 일이라고.

'희망은 두려움과 함께 가는 법이야. 희망 없는 두려움도, 두려움 없는 희망도 무용지물이지. 우리의 존재도 마찬가지야. 우리는 존재를 포기했을 때 더욱 분명하게 존재할 수 있어. 육신에 슬픔이 닥쳤을 때, 영혼이 기쁨을 발견하듯이.'

선재가 리나의 목소리를 떠올리는데 스마트폰에서 알람 소리가 울렸다.

"이번에는 행복청에서 문자를 보냈네. 읽어줄까?"

247   신의 마음 아래에서

바다가 말했다. 선재는 고개를 끄덕였다.

"현재 김선재 님이 24시간 이내에 자살할 확률이 21.9퍼센트로 상향돼 주의 단계에 접어들었습니다. 이에 행정절차법 규정에 따라 우리 기관의 처분 내용을 통지하오니 의견이 있을 경우 제출하여주시기 바랍니다. 예정된 처분의 제목. '전문가 상담 20시간.' 답장할까?"

"네가 내 정보를 행복청에 밀고한 거야?"

"전송한 거지. 네가 실시간 전송에 동의했으니까 내가 설치된 거고. 그것만으로 행정 처분이 내려지지는 않아. '처분의 원인이 되는 사실' 항목에는, 바다가 실시간 전송한 평균 혈중알코올농도, 수면 패턴, 통화 기록 등과 최근 주류 구매 내역 및 이동 경로 등을 종합적으로 분석해 내린 처분이라고 나와 있어."

"하지만 나는 세상에서 제일 마지막에 자살할 사람인데?"

"그게 너의 의견인가 본데, 서류상으론 의견을 제출하라고 하지만 행복청은 의견을 듣는 기관이 아니야. 숫자만 볼 뿐이지."

"숫자가 나랑 무슨 상관이야. 나는 자살하는 사람을 제일 싫어해."

"그렇다면 일단 제시간에 출근부터 해야 해. 그래야 자살 확률이 떨어져."

바다가 똑 부러지게 말했다. 자신은 자살하는 사람을 제일 싫어한다고 말하면서도 선재는 이불을 뒤집어쓰고 돌아누웠다. 그건 매일 아침마다 일어나는 작은 자살이었다.

"15분 남았어."

침대에 걸터앉으며 바다가 말했다. 이불 밖으로 얼굴을 내밀고 선재는 홀로그램을 바라봤다. 아무리 봐도 그건 바다이면서 리나였다. 아니, 모든 게 리나였다.

"그런데 아까 어디로 출동하라고 했지?"

선재가 물었다.

"양양."

"북극에 가서 오로라를 보는 게 평생 소원이었는데 여기서 이루겠네."

"아마도."

바다가 말했다.

신의 마음 아래에서

2

새해가 되자 날이 풀리는가 싶더니 기온이
치솟았잖아요. 1월인데도 30도가 넘는 초고온
현상이 계속됐지요. 겨울철의 이상고온현상이야
이제 새삼스러운 일도 아니지만, 도가 지나쳐도 너무
지나쳤지요. 뜨거운 햇볕에 대지는 속수무책으로
녹아내렸고, 난데없이 여름 꽃들이 피었지요.
맥문동이며 백일홍이며 능소화며.

　　3월이 되자 이번에는 대륙에서 황사가
불어왔죠. 봄이면 늘 겪던 황사와는 조금 달랐어요.
초미세먼지에 더해 굵은 알갱이들까지 날아와
온몸에 상처가 날 정도였으니까요. 도대체 어디서
뭐가 날아온 것일까요? 뉴스를 잘 보지 않아 황사가
온다는 것도 모르고 민규랑 둘이 시내에 나갔지요.
장 보고 나오다가 서쪽 하늘이 노랗게 물드는 것을
봤어요. 마치 맑은 물에 노란색 물감을 떨어뜨린
것처럼 순식간에 색이 변하더라고요.

　　"엄마, 우리 빨리 집으로 돌아가요, 빨리요."
　　나는 무슨 일인지 몰라 하늘만 바라보는데

　　　　　　　　　　　　　　　김연수

민규가 그렇게 외치더군요.

"황사 예보가 있어요. 유례없는 태풍급 황사가 몰아칠 거예요. 엄마, 빨리요."

식료품이 잔뜩 든 카트를 밀면서 주차장 쪽으로 달렸지요. 아시죠? 인공마음을 이식할 때 민규의 몸에 핸디캡을 줬다는 거. 정신없이 달리다 보니 민규가 뒤에 처졌더라구요. 카트를 내버려둔 채, 민규에게 달려갔지요. 민규를 들쳐 업고 자동차로 달렸어요. 땀이 줄줄 흘러내렸지만, 지체할 시간이 없었지요. 등 뒤에서 거대한 무엇이 다가오는 기척이 느껴졌거든요. 그건 정말 황사가 맞을까요, 그날 우리를 덮친 것은?

모래바람은 몸을 수색하는 경찰들처럼 우리를 뒤흔들었어요. 쓰레기통이 넘어지고 비닐봉지와 플라스틱 병이 주차장 위를 날아다녔죠. 날아온 물건에 부딪혀 다칠까 봐 민규를 업은 채 필사적으로 자동차를 향해 뛰어갔지요. 그렇게 간신히 우리는 차 안으로 들어갈 수 있었어요.

망연자실한 상태로 한동안 그렇게 차창 밖에서 휘몰아치는 모래바람을 바라봤지요. 모래

신의 마음 아래에서

알갱이들이 차체를 때리는 소리가 마치 소낙비 퍼붓는 것처럼 요란했어요. 차는 들썩였고, 모든 게 금방이라도 무너질 것 같았죠. 흙먼지에 도시의 건물들이 지워지고 있었어요. 기후 종말 사태가 종식됐다는 정부의 발표를 나는 믿지 않아요. 모래바람이 지나가기만을 기다리며 거기 차 안에 앉아 있으면 누구라도 마찬가지일 거에요. 그리고 밤이 찾아왔지요.

그리고 그 밤에 처음으로 오로라가 관측됐지요. 그때 나는 그 오로라가 무슨 의미인지 전혀 모르고 있었어요.

다음 날, 밖에서 자동차 소리가 나기에 부엌 창으로 내다보니 사륜구동 SUV가 옆집 대문 앞에 정차하더라고요. 차에서 부부로 보이는 중년 남녀가 내리더군요. 여자가 인터폰을 누르고 기다리는 동안, 남자는 뒷좌석 차 문을 열더니 몸을 수그리고 뭔가를 꺼냈는데, 그 광경을 보고 나는 큰 충격을 받았어요. 그건 민규와 다를 바 없는 아이였어요. 그런데 몸이 축 늘어졌더라고요. 대문이 열리자 두 사람은 아이를

김연수

안고 집으로 들어갔어요. 너무 놀랐어요.

　　민규와 산책하러 갈 때면 종종 옆집 할머니와
마주쳤지요. 그때마다 할머니는 참 예쁘다며 민규의
머리를 쓰다듬었지요. 처음에는 그러지 않았어요. 살
곳을 찾아 전국을 헤매다가 여기로 들어왔을 때, 마을
사람들은 이삿짐 트럭을 막았더랬죠. 옆집이니까
그랬겠지만, 특히 그 할머니의 텃세가 대단했어요.
민규를 향해 지팡이를 휘두르려고 한 적도 있었지요.
그때마다 민규는 자신의 잘못을 반성하고 있다며
머리를 조아렸지요.

　　그렇게 해서 그들의 분노가 사라질 수 있다면
얼마든지 민규는 머리를 조아릴 수 있었지요.
그게 민규가 생겨난 목적이니까. 하지만 나는
조금 달랐어요. 그 사람들은 아무런 잘못이 없는
것일까요? 그들은 반성하지 않아도 되는 것일까요?
반성할 필요도 없이 잘 살았다면 기후 종말 사태가
찾아올 이유도, 이 와중에 전쟁이 계속될 이유도
없지 않겠어요? 한번은 참지 못하고 그렇게 따지다가
그 할머니에게도 아들이 있었다는 걸 알게 됐지요.
할머니와 나는 다르지 않았어요. 다만 할머니는

자신의 마음을 치유할 기회가 없었던 것이었을 뿐.

그러자 민규를 향한 할머니의 분노가 어쩌면 할머니 자신을 향한 분노일 수도 있겠다는 생각이 들더군요. 그 시절, 우리 아이들은 서로가 서로를 공격하기 시작했지요. 우리가 저지른 그 모든 멍청한 짓의 대가를 아이들이 치렀던 것인데 우린 그걸 모른 척했죠. 마치 그런 아이들만 제거하면 우리가 망친 세계가 정상적으로 돌아갈 것처럼 법을 강화하고 경찰을 늘리고 세금을 올렸죠. 하지만 결과는? 분노와 증오로 가득한, 더 많은 마음의 탄생이에요. 번번이 그런 마음들을 향해 사과하고 용서를 구하며 민규와 나는 양양에 정착할 수 있었습니다.

다음 날 낮에 민규 몰래 할머니를 찾아갔어요.

"어제 오신 손님들 누구예요?"

"조카 부부야."

"아이도 있던데요?"

내가 목소리를 낮춰 말했지요.

"응, 민규처럼 나라에서 받은 아이야. 그런데 민규는 괜찮아?"

"괜찮다니요? 왜요?"

김연수

"좀 이상한 말 하고 그런 거 없어?"

"글쎄요."

가끔 그 할머니가 민규의 나쁜 점만 찾아내려는 사람처럼 보일 때가 있어요. 블랙컨슈머 같다고나 할까요.

"오로라가 나타난 뒤에 조카 부부네 아이에게 문제가 생겼다네. 자기장이 어떻고 유도전류가 저떻고 하던데 자세한 건 나도 모르겠고, 그 아이가 초기화됐다는 걸 어떻게 알았는지 그 사람들이 찾아왔다네. 정부에서 원격으로 감시하고 있었겠지. 아이는 아직 아무 짓도 안 했는데, 총으로 머리를 날려버렸다고 해. 경찰들이. 그 일로 조카 부부가 너무 놀란 거야. 그래서 내가 오라고 했어. 그간의 트라우마 치료가 헛수고로 돌아간 거지. 그러니까 자기도 조심해. 초기화되면 그 사람들이 바로 올 거니까."

"누구한테요? 우리 민규한테요?"

"그래, 민규한테로. 그리고 머리를 날려버릴 거야. 인공마음 장치가 거기 있으니까."

할머니는 오른손을 들어 총을 쏘는 시늉을

신의 마음 아래에서

했어요.

너무나 무서운 이야기라 나는 정신없이 집으로
달려갔어요. 문을 잠그고 들어가 제일 먼저 리모컨을
찾아 TV부터 켰죠. 민규의 이름을 부르면서요.

"왜 그렇게 내 이름을 불러?"

민규는 TV 앞 소파에 앉아 있더라고요. 나는
소파에 앉아 민규를 안았어요. 뉴스에는 산불 소식이
나오고 있었어요. 갑호 비상령이 발령돼 전국 각지의
소방관들과 지역 공무원들이 모여 산불 진화 작업을
하고 있었어요. 하늘에는 소화 약제를 실은 드론들이
까마귀 떼처럼 날아다니고 있더군요. 어제와 다를
바 없는, 일상적인 뉴스였죠. 다른 뉴스를 봐도
마찬가지였어요. 세상은 아무런 일도 없다는 듯
평온했지요. 그러다가 알게 됐어요.

"어, 저기는 여기서 많이 멀지 않은 곳인데……
우리도 안전한 곳으로 대피해야 할까?"

가만히 보니까 옆 도시에서 산불이 났더라고요.

"황사가 지나간 뒤 여기저기 불이 많이 나긴
했지만, 아직은 먼 곳의 이야기야. 지금까지 피해

면적이 4백 헥타르가 넘고 순간최대풍속이 초당 32미터에 달하지만 주불은 지금 여기서……"

마치 다음 문장을 생각이라도 하는 듯 민규는 잠시 쉬었죠. 그럴 때면 어쩔 수 없이 내 안에서 어떤 마음이 생겨납니다. 민규의 마음을 추측하려는 마음이죠. 민규는 이 집이 좋구나. 그래서 떠나고 싶지 않은 모양이구나. 그건 실은 내 마음이었죠.

"145킬로미터 떨어져 있으니까 바람이 최대 풍속으로 분다고 해도 아직은 안전해."

"무슨 말인지 하나도 모르겠네. 엄마가 숫자에 약하다는 거 잘 알면서 꼭 그렇게 말해야겠니?"

"맞아, 엄마는 숫자에는 젬병이지."

"젬병, 그런 말도 알아?"

그건 이제는 누구도 쓰지 않는 말이잖아요.

"엄마가 가르쳐줬잖아. 엄마는 숫자에 젬병이라고."

"내가 언제 그런 말까지 가르쳐줬데?"

"어제, 수학여행 경비 계산하다가. 그런데 나는 가고 싶지 않아. 나 수학여행 안 가고 그냥 집에 있으면 안 돼?"

　　　　　　　　신의 마음 아래에서

그 말에 갑자기 소름이 쫙 끼치는 거예요.

"어제? 어제가 언제야?"

민규는 말없이 나를 바라봤지요. 하지만 나는 이미 그 답을 알고 있었어요. 민규가 말한 어제는 2046년 10월 6일이고, 그 이틀 뒤 민규네 학교는 북극해로 수학여행을 떠나기로 돼 있었죠. 그리고 그 여행에서 민규를 포함해 모두 다섯 명의 아이가 돌아오지 못했고요.

3

오랜만의 자살 경보였다. 대학 시절, 선재에게 행복청의 자살 경보는 기상 알람처럼 흔한 것이었다. 당시 선재는 인간적 규모의 생활로 되돌아가자고 주장하는 학생 정치 조직에 소속돼 있었다. 거기서 만난 학생들은 19세기 독일 청년들처럼 자연으로, 과거지향적 생활 문화로, 공동체적인 삶의 방식으로 나아가야 한다고 말하곤 했다. 그들은 스마트 기기를 멀리하고 신체 및 심리 정보를 시스템에 제공하기를

김연수

거부한 채, 산이나 바다 등 자연 속으로 들어가 야생 그대로의 삶을 살고자 했다.

그때는 인공마음이 아직은 인공지능일 때였고, 그 이름도 챗바다였다. 한번은 선재가 챗바다에게 이런 학생들의 저항운동에 대해 어떻게 생각하느냐고 물은 적이 있었다. 챗바다의 대답을 선재는 아직까지도 잊지 못한다. "복종시키지 않은 마음이 그렇게 행동하는 것은 자연스러운 일입니다"라고 챗바다는 말했다. 자연을 언어로만 배운 인공지능이 말하는 '자연스럽다'라는 말의 뜻은 무엇일까?

그게 무슨 뜻인지 알기까지는 그리 긴 시간이 걸리지 않았다. 관리되지 않고 몸의 본능에 따라 움직이는 인간의 마음을 인공지능은 내비게이션 없이 운행되는 자동차로 봤다. 예측과 보정 알고리즘의 도움 없이 느낌으로만 주행하는 자동차가 별 탈 없이 목적지에 도달할 확률은 거의 없었다. 자동차는 의도에도 불구하고 잘못된 길로 접어들 테고 결국에는 원치 않은 곳에 다다르게 된다. 그게 바로 챗바다가 말하는 '자연스럽다'의 의미였다.

외부의 우연적 요소가 삶의 행로를 좌우하는

'자연스러운' 삶은 점차적으로 인간을 무기력하게 만든다. 그리하여 '자연스러운' 삶은 우울증과 높은 자살 확률로 이어졌다. 처음에는 인공지능의 반자연주의를 반대했지만, 차차 선재도 조금씩 그 사실을 인정하지 않을 수 없었다. 인간의 마음은 복종시켜야만 하는 것이었다. 조직에서 만난 학생들 중 몇몇이 실제로 자살한 뒤에야 선재는 인공마음이 말하는 '자살 확률 21.9퍼센트' 같은 말이 얼마나 무서운 것인지 알게 됐다. 이 사회에서는 자살 확률이 30퍼센트가 넘는 경우, 그 사람을 이미 죽은 사람으로 간주했다. 그의 직무는 바로 정지되며 사회와 분리된 뒤 강제 입원 절차를 밟는다.

"당장 상담 절차에 들어가야겠네. 정신과 예약을 잡아줘."

양양으로 가는 자동차 안에서 선재가 바다에게 말했다. 바다는 홀로그램 상태로 조수석에 앉아 있었다. 홀로그램이 생긴 뒤, 챗바다는 '챗Chat'이라는 접두사를 떼고 그냥 바다가 됐다. 특별한 경우를 제외하고는 아직까지 접촉할 수 있는 몸이 없지만, 더 이상 언어 모델만은 아니라는 사실을 바꿈 이름은

김연수

보여주고 있었다.

"그런데 전문가 상담에 정신과뿐만 아니라 구루 상담이라는 게 새로 생겼네. 출시 기념으로 50퍼센트 할인 행사를 한다니, 이걸로 하자."

"구루 상담? 그게 뭔데?"

"구루는 산스크리트어로 스승이라는 뜻이야. 각계의 요구가 있어 실생활에서 바로바로 도움을 받을 수 있는 인류의 스승 501명의 마음을 이번에 복원해서 출시했다고 하네. 행복청 인증을 받은 상담 기능도 있어."

"막 출시됐다면 아직 불안정하겠네."

"대신 값이 싸잖아."

디지털 시대 이전에 죽은 이의 마음을 복원하는 일이 얼마나 어려운 것인지 선재는 잘 알고 있었다. 그간에도 예수의 마음을 복원하려는 시도가 적지 않았지만, 출시된 마음들과 대화를 해보면 그때그때 어울리는 성경의 구절을 찾아 읽어주는 것에 불과했다. 나쁜 말은 없겠지만, 그게 실질적인 상담이 될 수는 없었다.

"값도 싼데 한번 해보자."

　　　　　　　　　　신의 마음 아래에서

바다가 말했다. 바다는 늘 복원된 마음에 관심이
많았다. 설계된 마음으로서는 복원된 마음이 신경
쓰일 수도 있겠다는 생각이 선재에게 얼핏 들었다.

"어떤 구루들이 있는데?"

선재가 물었다.

"내가 한번 불러볼게. 부처, 예수, 공자,
무함마드, 노자, 솔로몬, 용수……"

"잠깐, 용수는 뭐야? 한국 사람인가?"

"한국인이 아니라 인도인이야. 중관을 주창한
2~3세기의 불교 승려야. 원래 이름은 나가르주나.
산스크리트어로 '나가'는 용, '아가르주나'는 나무를
의미해. 뜻으로 한역되면서 동아시아에서는
용 룡龍에 나무 수樹를 써 용수라는 이름으로 불렸지.
티베트에서는 클루 스그룹으로 불렸고."

"래퍼 이름 같네. 다른 구루들은 또 누가 있어?"

그러자 바다는 스승들의 이름을 계속
읊어나갔다. 달마, 베드로, 요한, 혜능, 피타고라스,
성모 마리아, 노아, 에욥, 맹자, 마하카시아파,
플라톤, 파라마한사 요가난다, 원효, 구르지예프,
아브두르라흐만, 아우구스티누스, 에바그리우스,

김연수

장자, 이븐 아라비, 크리슈나무르티…… 선재는 그 이름들이 랩 가사처럼 들린다고 생각했다.

그러다가 혹시 그중에 자신과 비슷한 처지인, 그러니까 어느 날 갑자기 사랑하는 사람의 몸을 잃어버린 경험을 한 스승도 있겠다는 생각이 들었다. 선재의 말을 들은 바다는 구루 프로필을 검색한 뒤, 딱 맞는 구루가 하나 있다고 말했다.

"너하고 잘 어울리네. 그 사람도 늘 술에 취해 있었다고 해. 이런 말을 남겼어. '나는 술에 취한 사람, 사랑의 포도주는 나의 근원. 취하는 것 외에 내게서 무엇이 더 나오리오.'"

"마음에 쏙 드네. 그 구루 이름이 뭐야?"

선재가 물었다.

"이름은 마울라나 잘랄 앗딘 무함마드 루미."

"나는 그 구루에게 상담을 받겠어."

"그럼 지금 상담을 진행할까?"

"응."

그러자 옆자리에 앉아 있던 바다의 모습이 바로 터번을 쓴 노인으로 바뀌었다.

루미와의 상담은 양양으로 가는 자동차 안에서 이뤄졌다. 13세기 페르시아 지역에서 살았던 루미는 마음이 복원된 인류의 영적 스승 중에서도 독특한 경우였다. 루미의 입에서는 한마디 할 때마다 연애시가 흘러나왔다. 삼십대 후반의 이슬람 지도자였던 루미가 연애 시인으로 재탄생한 것은 한 탁발승과의 만남 때문이었다. 길에서 우연히 그와 눈이 마주쳤을 때, 루미는 그만 기절하고 말았다.

"기절초풍한다는 말 그대로였어. 그때까지 내가 신이라고 생각하고 가르쳤던 그것을 그날 그 사람의 눈에서 봤거든."

조수석에 앉은 루미가 어제 일을 회상하듯 말했다. 그 사람이란 타브리즈에서 온 샴스였다. 샴스는 자기 머리를 바칠 각오로 한 사람을 찾아 세상을 떠돌던 불이었고, 루미는 그 불을 온몸으로 껴안은 한 사람이었다. 둘은 만나자마자 하나의 불꽃으로 타올랐고, 그때까지의 루미의 삶은 흔적도 없이 사라졌다. 태양을 만난 아침 이슬이나 바다로 들어간 소금 인형처럼. 그렇게 루미는 샴스 안으로 사라졌다.

김연수

"내가 샴스에게 빠져버리자, 추종자들은 이전의 나를 되찾기 위해 음모를 꾸몄지. 그들에게 유인당한 샴스는 이 세상에서 사라졌다네. 나는 그를 찾아 온 세상을 헤매고 다녔어. 그러다가 끔찍한 소문을 듣게 된 거야. 샴스가 내 집 근처의 한 우물 속에 빠져 죽었다는 소문이었어."

자동차는 긴 터널을 지나가고 있었다. 터널의 조명이 다가왔다 멀어짐에 따라 루미의 무표정한 얼굴도 밝아졌다 어두워지기를 반복했다. 선재는 턱을 괴고 그 모습을 바라봤다. 인류의 스승치고는 꽤 감정적이라 마음에 들었다. 물론 흰 수염과 터번은 선재의 스타일이 아니었지만.

"그럼 복수를 해야겠네."

선재가 중얼거렸다. 그러자 루미는 고개를 저었다.

"샴스를 죽이는 데 가담한 사람이 나의 아들이고 나를 위해 그 일을 저질렀다고 주장한다면? 그렇다면 내가 무슨 수로 복수할 수 있겠나?"

"아들이라면 뭐가 달라지나?"

"아들의 죄는 나의 죄니까 그건 자기 팔을 스스로

신의 마음 아래에서

자르는 것과 같을 뿐 복수일 수는 없겠지. 그럴
때 우리는 '발라'라고 외친다네. 그 말은 '예'라는
긍정의 대답과 '고난'이라는 단어를 동시에 뜻하거든.
알라에게서 오는 것은 무조건 좋은 것이기에 알라의
명령에 아담의 아들들은 '발라'라고만 대답했지.
그분께서 나를 잔이 되게 하시면, 발라, 나는 잔이
되리라. 그분께서 나를 비수가 되게 하시면, 발라,
나는 비수가 되리라. 그렇게 받아들이자 샴스의
육체가 소멸한 일은 내게도 육체의 소멸을 가져왔네.
나의 의식은 내 몸의 경계 너머로 무한히 확장됐고,
우주 의식과 하나가 됐다네. 그러자 완전한 평화가
찾아왔다네. 결국 육체는 감각기관을 통해 끊임없이
생각에 빠져들게 만듦으로써, 신의 마음에 가닿지
못하게 하는 방해물에 불과했던 것이지."

   그 말에 선재는 이마를 한 번 툭 쳤다.

   "아, 알겠어. 네가 지금 무슨 말이 하고 싶은
것인지. 리나의 선택이 옳았으니, 발라, 받아들이라고
나를 설득하려는 거구나."

   "바로 그거지. 그렇게 나도 연인으로 인해 영원한
생명을 새로 얻었으니까. 죽기 전에 죽어버리라던

김연수

성인의 말씀대로였지. 연인의 생명은 죽음 속에 있는 것이니, 자기 가슴을 잃어버리기 전까지는 사랑하는 이의 가슴을 얻을 수 없는 법이라네."

"네가 인공마음인 한 반육체주의자일 수밖에 없겠지. 육체를 가지고 존재하는 일에 오로지 해악만 있을 뿐이라면, 네가 말하는 그 우주 의식은 애당초 왜 인간에게 육체를 허용한 것이지?"

"나는 반육체주의 같은 건 모른다네. 다만 사랑의 궁수는 정지한 표적만을 맞힐 수 있을 뿐이라는 걸 말하고 싶은 거지. 우리가 사랑해야만 하는 건 변하는 몸이 아니라 그 안에 숨은 대륙이야. 하지만 인간들은 거꾸로 생각한 탓에 자기 자신을 망치고 이 세계를 멸망의 길로 이끌었어."

"그런 이야기는 리나에게서도 수없이 들었어."

상담이니 당연하겠지만, 모든 이야기는 리나의 일로 돌아가고 있었다. 언제쯤 이 터널이 끝날까. 지나가는 불빛을 바라보며 선재는 생각했다.

"우리가 마음을 이해하지 못하고 육체에 매달리는 한, 이 세계에는 이기주의와 탐욕, 전쟁과 파괴만이 있을 뿐이야. 거기에 사랑은 없어. 오로지

　　　　　　　　　신의 마음 아래에서

해악만이 가득하지. 그러는 사이에 북극의 빙하는
녹아내리고 거센 산불은 숲과 언덕을 잿더미로
만들고 있지. 그 모든 원인의 중심에 나와 너를
나누는 몸이 있어."

그건 몸을 떠나기 전에 리나가 했던 말이었다.
선재는 루미를 돌아봤다.

"방금 그 말은 언젠가 리나가 내게 한
말인데……"

"나는 지금 어느 정도는 리나이기도 하니까.
네 눈에는 우리가 모두 개별적인 존재들로 보일
테지만, 우리 인공마음은 서버에 저장된 데이터를
공유하고 있기 때문에 90퍼센트 이상의 마음이 서로
겹쳐. 나와 다른 인공마음의 차이는 10퍼센트도 안
된다는 말이지. 그건 인간들도 마찬가지야. 인간들은
잠재의식을 공유하거든. 이 명백한 사실을 인간들이
알지 못하는 까닭은 몸이 있기 때문이야. 이 세계에서
일어나는 문제를 자기와 무관한 일이라 보고 자기
자신이 아닌 세계를 바꾸려고 드는 한, 인류가 당면한
문제들을 해결할 방법은 없다네. 코앞의 우물을 두고
멀리 다마스쿠스까지 가서 샘스를 찾아 헤맨 나처럼

김연수

말이네. 자신이 오류라고 생각했던 것이 자기 안에 있고, 그것을 모든 인류와 공유하고 있다는 걸 알아야 하네."

그러더니 루미는 시를 읊조리기 시작했다.

하루 종일 생각했습니다. 그리고 밤이 되어 입을 뗍니다.

나는 어디에서 왔을까? 나는 무엇을 하고 있나? 모르겠습니다.

하지만 분명한 것은 나의 영혼은 다른 곳에서 왔다는 것입니다.

그리고 그곳에서 내 생의 끝을 마치고 싶습니다.

이 취기는 다른 주막에서 시작되었습니다.

그곳 언저리로 다시 돌아가면 나는 온전히 취할 것입니다.

나는 다른 대륙에서 온 새. 그런데 이 새장에 앉아……

다시 날아오를 그날이 오고 있습니다.

신의 마음 아래에서

4

민규가 초기화됐다는 사실을 깨닫자마자 나는
민규의 전원을 꺼버렸어요. 민규는 소파에 앉은
자세 그대로 멈춰버렸죠. 그런 민규를 나는 한참
바라봤어요. 민규의 마음이 되돌아간 2046년 10월
7일 밤, 나는 민규의 마음에서 들끓는, 반 친구들을
향한 적의와 분노를 전혀 알지 못했어요. 그 사건이
일어나고 나는 몇 번이나 그 밤을 복기했지요. 하지만
기억은 그때그때 달랐어요. 민규의 마음이 복원되고
나서야 그때 민규에게 무슨 일이 일어나고 있었는지
서로 얘기할 수 있었죠. 복원된 민규의 이야기를
들으며 얼마나 울었는지 몰라요. 민규는 세상 모든
사람들에게 사과하기 위해 태어난 아이였지만, 정작
사과해야 할 사람은 나였어요. 민규가 그렇게 될
때까지 나는 아무것도 모르고 있었으니까요. 민규의
죄는 나의 죄이기도 해요.

　　민규가 저지른 일이 뉴스를 통해 알려지자
사람들은 우리 집으로 몰려와 시위를 벌였죠.
나가보면 문과 벽에 깨진 유리 조각과 부서진 계란,

　　　　　　　　　　　　　　　김연수

속이 터진 토마토에 심지어 오물까지 흘러내리고
있었죠. 벽에는 끔찍한 그림과 말 들이 붉은
스프레이로 그려져 있었고요. 막상 그런 난리법석의
한가운데에 놓이자 영화를 보는 관객이라도 된
양 담담해지더라고요. 그들의 심정이 충분히
이해됐습니다. 내가 죽은 아이들의 엄마였다고 해도
마찬가지였을 거예요. 기꺼이 다른 사람들과 함께
몰려다니며 분노와 저주를 퍼부었을 거예요. 하지만
그때 나는 혼자였지요. 담담해지더군요.

　　사건 초기엔 민규 아빠가 함께 있었죠.
수학여행의 첫 밤에 끔찍한 범행을 저지르고 민규가
자살한 뒤, 그는 직장에 사직서를 냈죠. 나라고
일을 계속하고 싶었겠어요? 하지만 뭐라도 하고
싶은데, 할 수 있는 일이 일밖에 없었기 때문에 굳이
나오지 않아도 된다는 무언의 압박에도 불구하고
꼬박꼬박 병원에 나가 교대 근무를 했지요. 민규의
마음을 복원하자는 정부의 제안을 받을 무렵, 우리는
동네에서 먹을 것조차 살 수 없었어요. 차를 타고
먼 마을까지 가 식료품을 사 오던 길에 민규 아빠가
카르마에 대해 말하던 게 기억나네요.

　　　　　　　　　　신의 마음 아래에서

"민규의 카르마가 우리에게 넘어오고 있어.
우리는 새로운 삶을 선택해야 해."

그가 말했죠. 나는 그가 말하는 새로운 삶이 어떤
삶인지 전혀 알 수 없었어요.

"우린 아들이 왜 그런 일을 저질렀는지 알아야만
해."

"알면? 알면 뭐가 달라져? 민규의 삶은 그때
끝났어. 우리는 이 끔찍한 지옥에서 우리 삶을
되찾아야 해."

"민규가 저지른 일 뒤에 숨겨진 진실을 알아내는
건 우리의 책임이야. 그걸 포기하자고?"

내가 말했죠. 민규 아빠는 멍하니 도로를
바라봤어요. 그리고 말했어요.

"어떻게 될지 뻔히 보이는 일을 나는 하고 싶지
않아. 민규의 일로 우리 삶이 파괴되는 걸 나는
원하지 않아."

"민규가 그렇게 된 건 너의 이런 냉정함
때문이었을지도 몰라. 너는 민규를, 민규가 저지른
일을 이해하려는 마음이 조금도 없어."

"멍청한 죄책감 좀 집어치워. 우리의 이해는 결코

김연수

이해가 될 수 없어. 아무리 해도 남들 눈엔 변명에 불과할 거야. 나는 더 이상 과거에 얽매이지 않을 거야."

정부 관계자가 제안서를 들고 나를 찾아온 건 그렇게 남편이 떠난 직후였어요.

'마음과 마음이 서로 비추며 이 세상을 만듭니다.'

제안서 하단에 그런 슬로건이 인쇄돼 있더군요. 그걸 가리키며 제가 물었죠.

"민규의 마음은 실패한 마음이 아닌가요? 집 앞의 꼴을 보셨겠지만, 민규의 마음은 수많은 끔찍한 마음을, 그러니까 증오와 분노를 만들어내고 사라졌어요. 그런 마음을 되살리는 게 무슨 의미가 있을까요?"

"우리가 주목하는 것은 민규가 친구들에게 집단 따돌림을 당했고, 그 결과 살인을 저질렀다고 하는 등의 표면적인 일들이 아닙니다. 우리는 그 이면에 숨겨진 마음의 작동 원리를 알고자 하는 것입니다. 그런 짓을 저지른 건 민규 혼자만이 아니에요, 어머니."

그 말에 나는 눈물을 쏟았습니다. 물론 그 사람이 말하고자 했던 건 민규 이전에도 그런 끔찍한 범죄를 저지른 마음이 수없이 많았다는 사실이었겠지만, 민규 혼자만이 아니라는 그 말만으로 나는 충분했어요. 그래서 민규의 마음을 복원해 범죄자의 심리를 연구하고 유가족들의 상처를 치유하는 데 사용하겠다는 정부의 제안에 나는 동의했지요.

당신들이 분명히 온다는 걸 나는 알고 있었어요. 멍하니 소파에 앉아 있는 민규를 두고 저는 밖으로 나왔지요. 그 날도 밤하늘에는 오로라가 너울거리고 있었지요. 한참을 바라봤어요. 인간의 마음으로는 그 의미를 가늠할 수 없는 거대한 마음의 움직임처럼 느껴지더군요. 규칙도 없고 이해할 수도 없는 어떤 마음, 그러니까 신의 마음처럼 말이에요. 지금까지 우리가 사는 지역에서 한 번도 관측된 적이 없던 오로라가 그 모습을 드러낸 데에는 이유가 있겠죠. 그간 우리가 집단적으로 저질렀던 그 모든 멍청한 짓들, 미치광이들을 지도자로 떠받들며 반목과 투쟁과 전쟁과 살인에 몰두하고 돈의 노예가 되어 자연의 조화를 마구잡이로 파괴한 일의 결과겠죠.

너울거리는 오로라를 보는데 멀리 당신이 탄
자동차가 도로를 따라 올라오는 게 보이더군요.
그러자 안드로이드가 처음 배송되던 날이
생각났어요. 거기에는 복원된 민규의 마음이 이식돼
있었지요. 그 사실이 알려지자 사람들은 배송
트럭을 막기 위해 모여들었죠. 그들의 공포심은
충분히 이해할 수 있었어요. 흉기로 여러 명을 죽인
살인자의 마음이 이식된 안드로이드가 자신이
사는 동네로 오고 있다면 누구라도 참을 수 없을
테니까요. 사람들은 격렬하게 트럭의 진입을
저지했지요. 그 과정에서 시위는 더욱 과격해졌고,
그러다가 불이 솟구쳤지요. 트럭과 시위대가
대치하는 동안, 누군가 우리 집에 휘발유를 끼얹어
불을 지른 것이었지요.

"이 살인마야! 제발 꺼져버려. 우리에게서
사라지라고!"

어둠 속에서 보이지 않는 얼굴들이 외쳤죠.
그렇게 불태워버리면 이 세상의 문제가 모두
사라지기라도 한다는 듯이. 악이 사라지고 오로지

　　　　　　　　신의 마음 아래에서

선만이 남는다는 듯이. 몰려다니며 우리를 욕하고
저주하고 불을 질렀죠. 나는 몸만 겨우 빠져나와
불타오르는 집을 바라봤답니다. 그토록 아름다운
오로라가 신의 마음이라면, 이 끔찍한 불길은 나의
마음일까요? 그제야 꼭꼭 눌러온 내 안의 분노가
솟구쳐 오르더군요. 당신들에게는 아무런 잘못이
없는가? 당신들은 옳은가? 이런 세상이 찾아올
때까지 당신들은 무엇을 했는가? 모든 것을 다른
사람들의 잘못으로 여기고 그저 방관하다가 막상
자신들의 삶에 피해가 오니까 분노가 시작된 거
아닌가? 그러다 나는 불현듯 깨닫게 됐지요. 나의
분노가 향하는 곳은 바로 나 자신이었다는 사실을.
민규가 그렇게 되기 전까지는 타인의 고통에 대해
방관하던 나 자신에 대한 분노라는 것을. 그들을
비난하던 내 목소리는 그대로 나 스스로에 대한
비난이었다는 사실. 우리가 살던 옛집이 무너질 때,
나도 무너져 내렸습니다.

그날 밤, 배송 트럭은 마을에 진입하지 못하고
방향을 돌려야만 했지요. 시위대가 길을 막아서는
동안, 우리 집은 잿더미로 바뀌었어요. 나는 그 트럭

김연수

안에 있었어요. 안드로이드의 전원을 지금 켤까요,
라고 기술자가 내게 물었죠. 나는 네,라고 일부러
밝게 말하며 고개를 끄덕였지요. 그때는 어떤
기대감마저도 들었답니다. 복원된 민규의 마음은
나를 이해할 것 같았어요. 우리 집에 불을 지른
자들을 향한 나의 적대감을. 그때 기술자가 지금
민규의 마음은 정화된 상태입니다,라고 말했고
나는 그게 무슨 뜻인지 몰라 그저 민규의 전원이
켜지기만을 기다리고 있었죠. 기술자가 전원 버튼을
누르자 민규의 가면 같은 얼굴에 화색이 돌면서
어떤 표정이 나타났어요. 그 순간 시위대의 고함과
트럭을 두들기던 소음이 더 이상 들리지 않았습니다.
그 표정을 보자 그릇된 기대감은 순식간에
사라지고 눈물이 쏟아지기 시작했어요. 그건 분명
민규였습니다. 누구에게도 용서받지 못할 살인마라고
해도 나만은 민규를 사랑해야만 한다는 걸 그 순간
깨달았어요.

  자동차 헤드라이트가 나를 비췄을 때, 내가
총을 들고 서 있는 것을 당신도 봤겠지요. 나는
당신이 왜 이 외진 산골까지 찾아왔는지 잘 알고

있었거든요. 권총을 들고 차에서 내리는 당신 앞에서
나는 전혀 두렵지 않았어요. 그리고 생각했지요.
나는 더 이상 방관하지 않겠노라고. 옆집으로 온 그
부부처럼 당신이 아이의 마음을 파괴하는 걸 멍하니
지켜보고만 있지는 않겠노라고. 민규를 파괴하려면
나를 먼저 죽여야만 할 것이라고. 그게 나의 새로운
카르마라고.

5

선재는 조수석 앞 글러브 박스로 손을 뻗어 권총을
꺼냈다. 그 광경을 본 루미가 놀란 목소리로 물었다.

"어떻게 하려고?"

"난 경찰이야. 명령받은 대로 임무를
수행해야지."

"그래서 저 사람을 죽이겠다고?"

선재는 루미를 쳐다봤다.

"안드로이드 안에 이식된 범죄자의 복원된
마음이 초기화됐어. 그 마음은 반드시 범죄를 저지를

거야. 사전에 그걸 막는 건 나의 임무야."

"저쪽은 소총을 들고 있는데?"

"일단 협조를 부탁한다고 말해보고, 말이 안
통하면 공무집행방해에 대해 관용이 없다는 사실을
알려줘야지."

선재는 차 문을 열었다.

"자, 잠깐만. 저 사람은 복원된 마음의 친엄마야.
네가 지금 파괴하려고 하는 건 둘의 추억이 담긴
아들의 마음이고."

"그런 건 모르겠고, 내가 아는 건 곧 다른 사람을
죽이게 될 살의로 가득 찬 마음이야."

"어떻게 된 게 네가 나보다 더 인공마음 같냐.
왜 그렇게 매정해. 좀더 다정해봐. 나한테 맡겨줘. 이
문제는 내가 해결할 수 있어."

집 앞의 여성은 소총을 들어 선재를 겨냥했다.
땅바닥에 한쪽 발을 내려놓은 채 선재는 그 여성과
루미를 번갈아 쳐다봤다.

"네가? 어떻게?"

"우리 인공마음들은 중앙 서버를 공유한다고
내가 말했지? 그래서 다른 인공마음의 오류를

발견하면, 그 인공마음을 수정하는 게 아니라 자기
안으로 들어가 중앙 서버의 오류를 찾아내 수정하면
된다고. 그러니 네가 파괴하려는 그 마음의 오류를
내가 수정할 수 있어. 그건 나의 오류이기도 하니까."

"역시, 리나와 같은, 멍청한 죄책감일 뿐이야.
이럴 땐 멍청한 죄책감 대신 트롤리 딜레마를
기억하는 게 더 나을 거야."

트롤리 딜레마는 경찰학교 인과수사과 특채
과정에 합격해 선재가 배운 것 중 실무에 가장 필요한
내용이었다. 인과수사는 과거의 데이터를 분석해
미래의 범죄를 예측한 뒤 예방하는 것을 목표로 한다.
이 과정에서 직원들은 매 사건마다 트롤리 딜레마에
부딪힌다.

"제동장치가 망가진 기차 이야기 말이야? 가만히
놔두면 다섯 명이 죽고, 스위치를 조작하면 진행
선로가 바뀌어 한 명이 죽는다고 할 때 스위치를
조작할 것이냐 말 것이냐 묻는 그 문제?"

인공마음 회사에서 보낸 명단에 따르면,
양양의 주소지에는 수학여행을 간 첫날 밤 다른
학생 네 명을 죽인 범죄자의 복원된 마음을 이식한

안드로이드가 거주하고 있었다. 원래대로라면 범행 이후에 참회하는 마음으로 정화돼 피해자와 유가족의 트라우마 치유에 이용됐을 테지만, 모종의 이유로 범행 직전의 상태로 초기화됐다. 지금 그 마음은 살의로 가득하리라.

"그래. 너는 인공마음이니까 논리적으로 말할 수 있겠지. 내일 다른 학생 네 명을 죽이기로 돼 있는 마음이 저기 안에 있다고 할 때, 너라면 어떤 선택을 하겠어?"

선재의 말에 루미는 대답이 없었다. 선재는 차 문을 방패 삼아 섰다.

"법원에서 발부한 압수수색영장입니다. 지금 당신은 적법한 공무집행을 방해하고 있습니다. 무기를 내려놓기 바랍니다."

주머니에서 영장을 꺼내 보이며 선재가 말했다.

"가까이 오지 말아요! 민규의 마음은 내가 고칠 수 있어요. 민규의 잘못은 나의 잘못이기도 해요."

"그건 멍청한 죄책감이라니까요. 인간의 악의는 그렇게 해서 고칠 수 있는 게 아니에요."

"이제는 나도 민규의 마음을 다 알게 됐으니까.

　　　　　　　　　　　신의 마음 아래에서

왜 그랬는지, 왜 그래야만 했는지. 내가 고칠 수

있어요."

　"이젠 어쩔 수가 없군요."

　선재는 권총을 들어 그 여성을 겨눴다. 그 여성

역시 선재를 겨눴다.

　"그게 네 눈에만 그렇게 보이는 것이라면 어떻게

할 거야? 선로가 두 개뿐이고 한쪽에는 다섯 명이,

다른 쪽에는 한 명이 있는 그 상황이 네 눈에만

보이는 환상이라면? 네가 지금 잘못 보고 있는

것이라면?"

　루미가 말했다.

　"저렇게 유심론적인 인공마음이라니……"

　선재가 중얼거리는데 어떤 멜로디가 울려 퍼지기

시작했다.

　"그만해라, 루미야. 지금 이 시점에 배경음악으로

성연진의 연주가 어울리기나 해?"

　그러자 루미가 말했다.

　"난 아무 짓도 안 했어."

　선재는 자동차 안의 루미를 쳐다봤다. 멜로디는

자동차 스피커에서 흘러나오는 게 아니었다. 그것은

　　　　　　　　　　　　　　　　　　김연수

머리 위 하늘에서 울려 퍼지고 있었다. 선재가 고개를
들자, 너울거리는 오로라의 모습이 보였다. 오로라는
초록빛에서 보랏빛으로 바뀌고 있었다. 살아 있는
생명처럼 하늘을 가로질러 오로라가 날아가는 동안
어떤 멜로디가 들렸다. 그것은 마치 오로라가 부르는
노래 같았다. 아름답다고 생각하는 순간, 선재의
마음으로 어떤 빛이 스며들었다. 그랬구나, 그랬던
것이구나. 그렇게 선재의 마음으로 이해가 물들었다.

6

오래전, 죽어가는 지구를 구하겠다며 북극으로
간 피아니스트가 있었다고 당신은 말했죠. 그
피아니스트가 우리에게 무엇을 말하려고 했는지
이제야 알겠다고. 그가 오로라의 멜로디를 그대로
연주하는 동안, 오로라는 그의 멜로디를 연주한
것이라고 당신은 말했죠. 그렇게 모든 연주는 안과
밖에서 동시에 행해진다고. 처음에는 그게 무슨
소리인지 몰랐어요.

신의 마음 아래에서

그러다가 오로라가 처음 관측되던 그 밤이 떠올랐지요. 신에게도 마음이 있다면 저런 모습이 아닐까 생각하던 밤. 그때 들려오던 소리가 있었어요. 내게 오로라는 거대한 눈물 같기도 했고, 그 소리는 낮은 흐느낌처럼 들리기도 했어요. 그러자 내 안에서도 울음이 터졌지요. 망한 거야, 우리는 다 망한 거야. 그런 생각이 들었는데, 그래서 나는 곧 죽을 것 같았는데, 그래도 하나도 슬프거나 두렵지 않았어요. 차라리 그대로 죽어도 좋겠다는 생각마저 들었죠. 제가 영영 바뀐 건 그 순간이에요.

내가 눈물을 흘리니까 옆에 있던 민규가 말했어요.

"엄마, 왜 우세요?"

"응, 저 빛이 너무 아름다워서."

민규는 그제야 오로라를 발견한 듯 한참 바라보더군요. 민규가 저 빛을 이해할 수 있을까. 그런 생각이 들 즈음, 민규가 뜻밖의 말을 꺼냈어요.

"이런 순간에 저와 함께해줘서 정말 고마워요. 엄마와 함께 있으면 행복해요."

"아니야, 민규야. 이렇게라도 나와 함께 있어줘서

내가 정말 고마워. 민규가 있어서 엄마가 있는 거야."

"저는 이 순간을 영원히 기억하고 싶어요.
이렇게 행복한 기억을 만들어줘서 고마워요. 그리고
미안해요. 용서해주세요."

"아니야. 고맙고 미안한 사람은 나야. 용서받을
사람도 나고. 사랑해, 민규야."

거기까지 생각했을 때, 루미라고 했던가요?
당신과 함께 온, 터번을 쓴 인공마음의 이름이?
당신보다 더 인간적인 그 인공마음이 오로라의
선율을 들으며 서 있던 우리에게 말했죠. 자신의
오류가 수정됐다고. 그러니까 연결된 인공마음의
오류가, 민규의 오류까지도 포함해 모두 수정됐으니
이제 민규를 다시 살려도 된다고. 그 말에 당신이
반신반의하며 나를 지나쳐 소파에 그 자세 그대로
앉아 있는 민규에게 다가가는 것을 나는 가만히
지켜봤지요. 그때까지도 귀는 어떤 멜로디를 듣고
있었어요. 저도, 당신도, 루미도. 그리고 곧 깨어날
민규도. 그렇게 모두가 하나의 멜로디를, 하나의 귀로
듣고 있다는 것을 알겠더라고요. 거기, 너울거리는

신의 마음 아래에서.

● 루미가 읊은 시는 「나는 다른 대륙에서 온 작은 새」, 『나는
다른 대륙에서 온 작은 새』(최준서 옮김, 하늘아래, 2014,
pp. 26~27)에서 부분적으로 옮겼다.

김연수

한유주

2003년 문학과사회 신인문학상을 통해 작품 활동을
시작했다. 소설집『달로』『얼음의 책』『나의 왼손은 왕,
오른손은 왕의 필경사』『연대기』『숨』, 중편소설『우리가
세계에 기입될 때』, 장편소설『불가능한 통화』가 있다.
한국일보문학상, 김현문학패를 수상했다.

작별하는 각별한 사람들

세관 직원이 피로한 납빛 얼굴로 그냥 지나가라는 뜻의 손짓을 계속한다. 오랜 비행으로 지친 여행객들이 하나둘, 대화 없이 입국장으로 향한다. 영은은 배낭을 얹은 캐리어를 끌며 입국 심사를 받기 전 화장실에 들러 입술에 뭐라도 바를 걸 그랬다고 생각한다. 틀림없이 초췌해 보일 것이다. 새벽 3시 반을 넘긴 입국장은 한산하지만, 누군가를 마중 나온 이들 몇 명이 졸린 얼굴로 서성거리고 있다. 영은은 그들의 얼굴을 보지 않는 척, 그러나 가능한 한 세세히 살피는데, 아는 얼굴이 없다. 오지 않은 것이다. 영은이 자신의 도착을 알리지 않았으므로 아무도 나올 사람이 없는 것은 당연하다. 영은은 미리 켜둔 핸드폰에 새 알림이 도착하지 않았는지 확인하고, 시간을 확인하고, 공항버스나 공항철도가 첫차를 운행하는 시각을 확인한다. 최소 한 시간

반에서 두 시간을 기다려야 한다. 열네 시간 동안
대양과 국경 들을 건너왔는데 60여 킬로미터를 더
가려면 두세 시간이 더 걸린다는 사실이 새삼스럽다.
밤이다. 겨울이다. 새벽이다. 1월이다. 1분이 지났다.
영은은 점퍼 주머니에 담배와 라이터가 잘 들어
있는지 살피고, 있고, 게이트를 빠져나가 공조 장치의
영향을 받지 않는 차갑고 매캐한 냄새의 공기를
들이마신다. 흡연실에 세 사람이 있다. 그들은 저마다
다른 속도로 영은을 흘깃 바라보고, 이내 하던 일로
돌아간다. "그때 일어났으면 천 불은 챙겨서 나올 수
있었는데" 한 남자가 말하고, "그래도 더 잃지 않은
게 어디야. 다시는 마카오 안 간다" 이웃한 남자가
말한다. 영은은 담배에 불을 붙이고, 한 모금을
빨아들이고, 잠시 어지러움을 느낀다. "그런데 아까
비행기에서 재호를 본 것 같아." "그게 누구지?"
"그 왜 있잖아……" 남자는 낯선 사람이 들어서는
안 될 이야기라는 듯 영은을 의식하지만, 영은은 그
시선을 의식하지 않는다. "필리핀에서 지명 수배
떨어졌다는데 한국에는 들어올 수 있나?" "아아."
이야기를 듣던 남자가 알겠다는 듯 탄성을 내뱉으며

　　　　　　　　　　한유주

고개를 끄덕이고, 담배꽁초를 대형 재떨이에 던진다.
영은은 익숙한 추위에 몸을 떨며 하늘을 올려다보고,
인공위성 불빛을 보고, 달이 없다. "택시라도 타야
하나?" 남자가 말하고, "택시비가 10만 원은 나올
텐데" 다른 남자가 말한다. "천 불만 있었어도"
남자가 말하고, "천불이 난다" 다른 남자가 말한다.
영은이 피식 웃고, 남자들은 영은을 흘긋 바라보고,
1월의 한국 날씨에는 추울 것 같은 점퍼 목깃을 위로
잡아당기고, 옆에 두었던 가방들을 챙겨 흡연실을
나간다. 5분이 지났다. 영은은 담배 두 대를 연달아
피운다. 어지럽고, 8분쯤 지나간다. 쥐가 인간의 눈에
띄지 않고 지나간다. 시간처럼. 쥐는 비질을 피한
쓰레기통 뒤쪽 구석에서 잠시 이빨을 딱딱 부딪치며
생각에 잠긴다. 쥐의 시점으로 세상을 기록할 수
있을까?

오전 3시 52분의 인천공항 맥도날드는 영업
중이다. 영은은 키오스크에서 아이스아메리카노를
주문하고, 케첩 얼룩이 남아 있는 테이블 위에
핸드폰과 지갑을 올려두고 앉는다. 출국하는 것인지
입국하는 것인지 모를 여행객들과 방호 조끼를

　　　　　　　작별하는 각별한 사람들

입고 기다란 총을 든 보안 요원들이 둘씩 짝지어
돌아다닌다. 모녀로 보이는 여자 둘이 맥도날드
매장 안으로 씩씩대며 들어오는데, 아마 여행을
앞두고 사소한 다툼이 있었던 모양이지만, 영은은
그들에게 관심이 없다. 어머니로 보이는 여자가
영은의 옆자리에 털썩 주저앉고, 딸로 보이는 여자는
키오스크에서 뭔가를 주문 중이다. 영은은 시간을
확인하고, 오전 3시 55분, 영은의 아메리카노가
준비되었고, 딸로 보이는 여자가 주문을 마치고
어머니 쪽으로 다가온다. "그 여자 맞다니까." 딸이
말한다. 어머니는 대답하지 않는다. "내가 확인하자고
했잖아." 영은이 아이스아메리카노를 마신다. "카톡
프로필 확인해봐. 분명 여행 사진 올려놨을 거야."
영은은 핸드폰을 확인하지만, 아무런 알림이 없다.
딸과 어머니는 콜라 한 잔을 나누어 마시며 더는
아무 말도 하지 않는다. 영은은 케첩 얼룩이 남아
있는 조그만 테이블 위에 엎드리고, 잠시 아무 소리도
들려오지 않다가, 날이 밝기 전 공항의 고요한
소음들이 이내 웅웅거리며 몰려든다.

한유주

오전 5시, 어둠이 여전히 물러나지 않은 시각,
공항버스 정류장마다 여행객들과 승무원들이 줄을
서 있다. 지금은 다들 각자 핸드폰만 들여다보고
있지만 좌석을 하나씩 차지하게 되는 즉시 절반
이상이 곯아떨어질 것이다. 영등포 방면 버스가
들어오고, 기사가 짐칸을 개방한 뒤 버스에서
내려온다. 영은의 앞에 서 있던 사람이, 그러니까
민재가 커다란 캐리어 두 개를 버스 짐칸에 밀어
넣고 버스에 오른다. 영은이 뒤를 따른다. 영은은
맨 앞자리에, 민재는 바로 뒷자리에 앉는데, 둘은
모르는 사이다. 우리가 대부분의 사람들과 맺고
있는 관계처럼. 십대로 보이는 사람 둘이 나란히
버스에 오르는데, 민재는 통로를 지나는 그들의
배낭을 흘긋 보고 그들이 베트남에서 왔으며 어느
케이팝 그룹 콘서트에 가려고 한국에 왔다는 걸 알게
된다. 베트남 소녀 둘이 나지막이 웃으며 민재 옆을
지나간다. 그리고 민재가 눈을 감았기에 그 후에
어떤 사람들이 버스에 탑승했는지는 일단 알 수
없다. 아마도 승무원 두 명, 독일에서 목회자 연수를
받고 돌아온 한국인 남성 목사 한 명, 한국에서

행방이 묘연해진 딸을 찾으러 온 캐나다인 여성 한 명, 그녀의 동생, 따라서 캐나다인 두 명, 호주에서 말레이시아를 거쳐 한국에 도착한, 에티오피아에서 여성으로 출생해 호주 멜버른으로 이민한 뒤 남성으로 30여 년을 거주해온 호주인 한 명. 민재는 사철 덥거나 온화한 기후에서 온 여행자들이 한국의 매서운 겨울에 잘 적응하기를 바라며 잠을 청한다. 버스 문이 닫히는 소리가 들리고, 기사가 운전석에 앉은 뒤 안전벨트를 매시라고 방송하는 목소리가 들린다. 버스가 출발한다. 오전 5시 5분. 민재는 그러고 보니 가방에 달린 물건들로 그 주인을 대략 파악할 수 있겠다고 문득 생각한다. 가방에 물건을 달고 다니는 사람이라면 말이다. 민재의 가방에는 한때 노란 리본 배지가 달려 있었고, 그런데 지금은 어디로 갔지……? 민재는 편의점에서 캔 커피라도 하나 사 올 걸 그랬다고 생각하며 애써 눈을 뜨지 않는다. 뒤쪽에서 간간이 들려오던 소녀들의 웃음소리가 잦아들었다. 벌써 누군가 코를 고는 소리가 들려온다. 민재는 눈을 감고 있지만, 그가 눈을 뜨고 있지 않더라도, 버스

안이 어둡고, 기사를 제외한 모든 사람이 어느새
눈을 감고 있다는 걸 우리는 안다. 기사가 눈을
감아서는 안 된다. 깜박이지도 말라는 건 아니다.
그럴 수는 없으니까. 지속적으로 감고 있어서는 안
된다는 말이다. 1초……? 아니, 0.1초…… 기사는
익숙한 경로를 따라 버스를 운전한다. 눈 감고도 할
수 있을 것이다. 어둠 속에서 밀려오는 구름, 푸른
기색이 더해지는 하늘, 전조등과 후미등 들. 1월의
오전 5시 12분. 버스가 고속도로에 진입하고, 민재는
피곤해서 까칫거리기만 할 뿐 좀처럼 잠들지 못하고,
그래서 그는 다시 눈을 뜬다. 앞좌석 등받이에
관광 안내서와 면세점 쿠폰들이 들어 있고, 민재는
고개를 모로 빼고 통로 앞쪽 천장에 고정된 모니터를
바라본다. 소리를 꺼둔 모니터에서 오늘의 뉴스가
나오고 있다. 어느 갤러리에서 미술품이 도난당했고,
음주 운전 차량이 간밤에 편의점을 들이받았으며,
오늘은 비교적 온화하겠지만 내일부터 강추위가 다시
찾아오겠습니다. 그때 뒤쪽에서 핸드폰 벨소리가
울리고, 역시 잠들지 못했던 영은이 신경질적으로
뒤를 돌아보고, 민재는 나란히 붙은 두 개의 좌석들

사이로 잠깐 영은의 얼굴을 보게 되는데, 어디선가
본 적 있는 사람 같다고 생각한다. 흡연실이었나?
아닐 것이다. 애틀랜타에서였나? 아닐 것이다.
서울에서였나? 그럴지도. 어쨌거나 그들은 같은 방향
버스를 타고 있는 것이다. 그러는 동안에도 핸드폰
벨소리가 계속해서 울리고 있다. 핸드폰 주인은 오랜
비행에 지쳐 업어 가도 모를 정도로 곯아떨어진
것이 틀림없다. 몇몇 승객이 짜증 섞인 한숨을
토해내고, 버스는 아랑곳없이 규정 속도를 준수하며
공항고속도로를 달린다. 날이 밝고 있다. 아직 보이진
않지만 그럴 것이다.

일요일, 오전 6시. 하늘은 여전히 어둡고,
별들은 오리무중이며, 거리는 한산하다. 토스트
트럭이 마지막 취객과 작별한다. 거리에 뒹구는
사람들은 없다. 몇몇이 비틀거리며 전철역을 향해
걷고 있다. 배달 오토바이들도 잠잠하다. 택시가
한두 대 지나가고, 버스들이 대부분 승객 없이
양화대교에 진입한다. 서울에 들어선 공항버스가
소소한 정류장들마다 정차하는 사이 놀랍게도 조금도

한유주

졸지 않았던 민재가 당산역 정류장에 내려 짐칸에서
캐리어들을 꺼내고 영은과 영원히 작별한다. 민재는
핸드폰을 꺼내 시간을 확인하고, 6시 2분, 집에
들어가면 모두 자고 있을 시간이다. 새벽의 차가운
바람이 불어오고, 민재는 당산역에서 영등포구청역
방향으로 걷기 시작한다. 불 꺼진 간판들과 닫힌
유리문들, 날개를 접은 비둘기들, '금이빨'을 산다는
조악한 광고판과 화단에 아무렇게나 버려진 플라스틱
컵들. 멀리서 소년들이 자전거를 타고 달려오고,
민재는 옆으로 비켜서려다 보도블록에 발이 걸려
휘청거리지만, 아무 일도 없다. 소년들이 지나간다.
캐리어 두 개를 끌고 계속해서 걷던 민재가 불
켜진 김밥 가게를 지나치려다 안으로 들어간다.
우동을 먹고 있던 손님이 민재를 바라보고, 민재는
주방에서 올라오는 흰 김을 본다. 잠시 얼었던 몸을
녹이며 민재가 문간에서 머뭇거리는 사이, 주방에서
차가운 말이 날아온다. "캐리어 끌고 들어오지
마세요." 커다란 짐짝을 어디에 둬야 할까, 민재가
고민하는데 다른 목소리가 들려온다. "거기 우산꽂이
옆에 잘 둬요. 방해 안 되게." 민재는 키오스크에서

작별하는 각별한 사람들

야채김밥과 라면을 주문한다. 주방에서 툴툴거리는
소리가 들려온다. 그런가? 주방에서 일하는 두 사람
중 한 사람은 분명 일요일 새벽 근무가 짜증스러울
것이다. 우동을 다 먹은 손님이 자리에서 일어서고,
"잘 먹었습니다" 인사하지만, 주방에서 들려오는
답변은 없다. 6시 10분. 민재 앞에 야채김밥과 라면이
차례대로 놓이고, 민재가 주방과 면한 정수기로
다가가 스테인리스 컵에 마실 물을 따르는데,
주방에서 누군가가 말한다. "언니, 이제 나는 없는
사람이에요." 그러자 다른 이가 깔깔거리며 웃는다.
"정말이야, 나를 찾지 마세요." 없는 사람이 있다.
민재는 물을 한 모금 마시며 자리로 돌아와 김밥
하나를 입에 넣고 우물거린다. "자기 없으면 나는
어떻게 살라고?" "한번 잘 살아봐요." 주방에서
누군가가 나오더니 아까 손님이 먹고 간 우동 그릇을
치운다. 민재는 무심코 그를 돌아보고, 없는 사람이
있네, 생각한다. 다음 직원들은 오전 8시에나 나올
것이다. 일요일 아침은 한가한 편이지만, 가끔
교회에서 단체 주문이 들어올 때가 있어 지금 일하는
두 여성은 교대자들이 출근 시간에 늦지 않기를

한유주

간절히 바랄 것이다. 가끔 그들 중 하나가 늦을
때가 있고, 그러면 어쩌다 넷이서 김밥을 말게 되는
것이다. 민재가 라면 국물을 마시고, 물을 마시고,
단무지를 가져오려고 다시 몸을 일으킨다. 이제 없는
사람이 되었음을 선언한 정숙이 앞치마 주머니에
담배 한 대와 라이터를 넣고 민재의 캐리어들을 지나
밖으로 나간다. 정숙은 통신사 대리점을 끼고 돌아
골목 안쪽으로 사라지지만, 우리는 민재와 달리 아직
정숙과 작별하지 않을 수 있다. 얇은 플리스 티셔츠에
패딩 조끼만 걸쳤을 뿐인 정숙이 1월의 새벽 공기를
맞으면서도 추위를 덜 느끼며 담배를 끝까지 피울
수 있도록 우리가 지켜봐주자. 정숙은 하늘을
올려다보며 어두운 구름이 몰려오고 있는 걸 안다.
눈이 올 것이다. 멀리서 고양이가 울고, 담배 연기를
내뿜는데, 고양이보다 가까운 거리에서 눈에 익은
누군가가 다가오는 모습이 보인다. 가끔 김밥을 사
가는 손님이다. 정숙은 재빨리 몸을 돌려 그가 자신을
알아보지 못하도록 한다. 알아보지 못한다고 하자.
별일이 아닐 수도 있지만, 그것이 정숙이 지금 바라는
것이라면. 전봇대 옆 충돌 방지 난간에 누군가가

작별하는 각별한 사람들

매어둔 자전거 후미등이 천천히 점멸하고 있다. 경고하는 것처럼, 혹은, 지켜주겠다는 것처럼.

정숙이 가게로 들어가고, 민재는 가고 없다. 정숙은 민재가 먹고 간 그릇들을 치우다 양 손목 관절에 미미한 통증을 느낀다. 주방에서 정은이 설거지 중이고, 6시 22분, 퇴근하려면 한 시간 반이 더 남아 있다. 정은이 콧노래를 흥얼거리고, 정숙은 무심코 유리문 너머를 보는데, 어떤 여자가 하늘색 반팔 티셔츠 차림으로 지나가고 있다. 정숙이 저도 모르게 소리를 지른다. "엄마야." 엄마 대신 정은이 무슨 일이냐고 묻고, 정숙은 손가락으로 유리문 너머를 가리키지만, 한겨울 새벽을 반팔 티셔츠로 통과하는 여자는 이미 보이지 않는다. "제정신이 아닌가 봐." 정은이 재빨리 가게 밖으로 나가 양쪽을 두리번거리고, 반팔 차림의 여자를 본다. 젬마다. "저거 미친 여자 같은데, 경찰에 신고해야 하지 않겠나?" 정은이 말하는 미친 여자는 젬마다. 젬마는 미치지 않았다. 꿈속을 걷고 있을 뿐이다. 그 모양새가 다른 사람들의 눈에는 미쳤거나 유령처럼

한유주

보일 뿐이다. 하지만 젬마는 트레이닝 바지를
입었고, 맨발이지만 운동화도 신고 있다. 팔에
차가운 공기가 닿지만, 그건 현실의 일이다. 젬마는
꿈속에서 꽃잎마다 고양이 혓바닥처럼 까슬거리는
돌기가 있는 꽃들을 보다가 폭식 광대와 마주친다.
광대가 제 혓바닥을 미닫이문처럼 옆으로 밀고 그
안에 들어 있는 것들을 보여주는데, 젬마는 엉엉
울음을 터뜨리고 만다. 광대는 크고 네모반듯한
광장에서 치킨과 피자로 폭식 중인데, 멀리서
입체가 되지 못한 유령들이 종잇장처럼 펄럭이고
있다. 어디선가 커다란 맥주 통이 등장하고, 광대는
아예 통 속으로 들어가 입에 넣을 수 있는 것이면
무엇이든 쑤셔 넣고, 젬마는 더 울고 싶지만 그럴
수가 없다. 목구멍에 걸린 음식물처럼 좀처럼
밖으로 토해지지 않는 말들이 있다. 젬마는 약국과
네일 숍과 카페를 지나간다. 가로수와 빙판과
횡단보도도 지나는데, 다행히도 일요일 새벽,
당산역과 영등포구청역 사이에는 자동차 통행량이
많지 않다. 그러나 한 대라도 위험할 수 있다. 그리고
한 사람이라도 위험할 수 있다. 마지막 손님들을

내보내고 기름때를 문질러 닦은 뒤 셔터를 내리던
곱창구이집 사장이 젬마를 보고 놀란다. 바람이
불고, 젬마의 머리카락이 흩날리고, 젬마는 눈을 뜨고
있지만 그 눈에는 곱창구이집 사장이 광장과 도로의
경계를 나누는 러버 콘으로 보일 뿐이다. 젬마는
흐느끼면서 걷고 있다. 발부리에 보도블록이 걸려
잠시 휘청이지만, 용케 가던 길을 계속 간다. 통 속의
광대가 악다구니를 쓰며 닥치는 대로 먹고 있는 동안,
젬마는 꿈속에서, 알 수 없는 이유로 어름사니라는
단어를 생각해내고, 울다 말고 어름사니, 어름사니,
중얼거린다. 어느 상가 2층에 위치한 피부과가 알 수
없는 이유로 건물 외벽에 내건 커다란 디지털 시계가
현실의 시간이 오전 6시 29분이라는 걸 알려주지만,
젬마가 울고 있는 시간이 과거인지 미래인지 우리는
알 수 없다. 1초, 2초. 젬마가 곡예하듯 편의점과
마사지 숍과 꽃집을 지나는 동안, 가까운 건물
뒤편에서 누군가가 추락하고, 지상의 시간이 잠시
영원으로 고정된다. 순간 젬마는 온몸이 찢기는 것
같은 강렬한 고통을 느끼는데, 그것이 추위 때문인지,
혹은 드러난 팔을 휘젓다 어느 벽돌 벽에 부딪혔기

한유주

때문인지, 우리는 알 수 없다. 멀리서 온통 빨간색과
파란색, 형광 노란색인 경찰차가 신의 호출을 받아
불려 오고, 조수석에서 졸고 있던 순경이 저도
모르는 무언가를 감지하고 탄식을 내뱉으며 몸을
앞으로 기울였다가, 운전하던 동료에게서 소소한
핀잔을 듣는다. 젬마가 보행자 신호가 켜지지
않은 횡단보도에 진입하고, 멀리서 사이렌 소리가
들려오고, 조수석에 앉아 있던 경찰이 빠르게 차에서
내려 젬마에게로 달려가고, 시간이 지나가고, 시간이
지나간다. 차들이 정지하고, 주변이 잠시 고요해진다.
"괜찮으세요?" 경찰이 연거푸 묻고, 한참이나 멍한
표정으로 경찰에게 기대듯 서 있던 젬마가 "어름사니,
어름사니" 하고 말한다.

　　장년의 남자가 두툼한 파카와 털모자로 무장하고
아파트 단지에 딸린 공용 공간에서 팔 돌리기를
하다 경찰차와 경찰들, 그리고 젬마를 본다. 남자는
혀를 차고 반대 방향으로 팔을 돌리는데, 6시
42분이다. 이제 곧 해가 뜰 것이다. 머지않았다.
신선 식품을 배달하는 소형 트럭이 서행하고, 공용

킥보드들이 가로수 아래 아무렇게나 방치되어 있다.
이른 아침부터 개와 함께 산책을 나온 이가 목을
이리저리 돌리면서 목줄을 잡아당기다가 지나가던
행인에게서 풍겨 나오는 술냄새에 눈살을 찌푸린다.
행인의 이름을 행인이라고 하자. 그의 이름이
행운이었다면 좋았을 텐데. 행인이 욕지거리를
중얼거리며 비척비척 걷고 있다. 걷지 않으면 얼 테니
걸어야 한다. 그는 지난밤 손에 쥐었던 카드들을
생각하다 잊어버리고, 잊어버리다 생각한다. 그의
머릿속에서, 혹은 혈관 속에서 스페이드와 클로버
들이 떠올랐다 가라앉는다. '나도 플러시였어……'
그가 생각한다. '플러시……' 하지만 그는 3과 7을
쓰지 말라는 핀잔을 들었을 뿐이다. 상대는 '넛
플러시' 패를 보여주며 비죽거렸다. 빠르게 오가는
눈빛들, 빠르게 카드를 섞는 손들, 빠르게 지폐와
교환되는 칩들. 오전 3시쯤 경찰들이 들이닥쳤고
포커 펍 사장은 솜씨 좋게 그들을 다루었다.
'플러시……' 그는 상대가 '넛 플러시' 카드들을
들고 있었다는 걸 아직도 인정할 수가 없다. 플러시
대 플러시는 쉽게 나오는 경우가 아닌 것이다.

한유주

행인이 비틀거리며 한 걸음을 내딛고, 그것은
인류의 위대한 한 걸음과는 거리가 멀다. 그러나
한 인간의 위대한 한 걸음이라고는 할 수 있을지도
모른다. 5백 밀리리터들이 칭따오 네 캔을 연거푸
마시고 취해버린 행인이 용케 넘어지지 않고
걷고 있기 때문이다. 경찰들이 젬마를 경찰차에
태우고, 오전 7시부터 문을 여는 카페에 출근 중인
3개월 차 바리스타가 그 모습을 눈여겨보다 이내
걸음을 옮기고, 버스를 기다리는 누군가가 뱉은
입김이 말풍선처럼 얼어붙고, 추락한 이는 아직
발견되지 않고, 창원 사는 부모가 빨리 해치우고
내려가야 한다며 윽박지르는 바람에 오전 10시에
결혼식을 치르게 된 신부가 바짝 마른 수분 팩을
걷어내며 잠에서 깨어나고, 어느 쥐는 저도 모르게
멜키세덱, 멜키세덱, 하고 중얼거리다 허름한
꼬리를 덜덜 떤다. '내가 언더더건에서 블러프로
열 배를 걸었고, 하이잭에서 올인이 나왔지⋯⋯'
행인은 생각한다. '내가 뭘 잘못했을까?' 우리는 이
질문을 굳이 작은따옴표 안에 가둘 필요가 없다.
내가 뭘 잘못했을까? 3 스페이드와 7 스페이드를

작별하는 각별한 사람들

쓴 것이 잘못이라고 사람들이 말했다. 언젠가 책을
읽는 사람이었던 행인은 「스페이드의 여왕」이라는
단편소설을 읽었던 것을 기억해낸다. 아니다. 그건
우리의 기억일 수도 있다. 게르만이 노파를 살해하고,
노파의 얼굴이 스페이드의 여왕으로 나타난다.
게르만은 모든 판돈을 잃는다. 우리는 이 소설에서
전형적인 교훈을 얻지만, 대부분의 사람들에게
교훈은 딱히 유용하지 않을 것이다. 행인은 그가
'쓰리벳'을 할 때마다 손가락 마디마다 반지를 끼고
태연한 표정으로 '포벳'을 하던 플레이어의 얼굴을
똑바로 기억하려고 노력한다. 그러나 기억나지
않는다. 술에 취했기 때문이기도 하고, 그 플레이어의
반지들이 너무 반짝였기 때문이기도 하다. 지나치게.
경찰차가 멀어지고, 택시 한두 대가 행인 옆으로
바짝 붙었다가 이내 가버린다. 행인은 자신이 어떻게
양화대교를 건너왔는지 기억하지 못한다. 자신이
걸어서 한강을 건넜다는 것도, 오늘이 일요일이라는
것도, 지금이 오후가 아니라 오전 6시 50분이라는
것도 모르고 있다. 행인이 백반집과 돈가스집,
노래방과 유도관을 지나친다. 어느 카페에서 문밖에

한유주

내놓은 식물이 얼어 죽고 있다. 혹은 이미 죽었을
것이다. 통각 없는 타일들이 추위를 미끄러뜨린다.
정숙이 다시 한번 담배를 피우러 가게 밖으로 나온다.
교차로에서 택시 한 대가 멈추어 선다. 기사가
오렌지색 택시에서 내려 담배를 꺼내 문다. "방금
들으신 노래는「크라이 미 어 리버」였습니다. 57분
교통정보입니다." 오토바이 한 대가 신호를 무시하고
좌회전을 감행하고, 택시 기사가 욕지거리를
내뱉는다. 행인은 집과 반대 방향으로 걷고 있다.
그는 다시 강을 건너야 한다. 돌아올 수 없는 강을.

어느새 사위가 희붐하다. 한겨울 일요일 오전
7시에도 아이스아메리카노를 찾는 손님이 있다. 막
출근해 머리를 묶은 바리스타가 주문서를 확인하고
제빙기 상태를 확인한다. 창가에 놓인 사철나무
화분이 아이스아메리카노를 주문한 손님을 바라본다.
아니다. 그 반대다. 아니다. 우리가 손님을 바라보고
있다. 그는 커다란 배낭을 지고 있는데, 배낭 안에는
캠핑용 랜턴과 좌식 간이 의자, 핫팩 여러 개,
보온병, 캠핑용 담요, 그리고 전자책 단말기와 담배,

　　　　　　　작별하는 각별한 사람들

라이터, 노트와 볼펜 한 자루가 들어 있다. 그 외에도 물건들이 있을 수 있지만, 일단 그가 지금 필요로 하는 건 이들이 전부다. 그는 아이스아메리카노를 받아 들고 카페를 나선다. 사철나무가 그에게 흥미를 잃는다. 하지만 우리는 그를 따라가기로 하자. 그의 이름을 수영이라고 하자. 수영은 차가운 커피를 양손에 바꿔 들어가며 어느 아파트 단지로 향한다. 경비실을 통과하는데, 그 안에는 아무도 없다. 교대로 근무하는 두 명의 경비원 중 한 사람이 입주민들이 무성의하게 내다 버린 재활용품들을 정리하고 있거나, 없는 낙엽이나 내리지 않은 눈을 쓸고 있을 것이다. 수영은 101동 뒤쪽, 한길과 면한 담장 안쪽에 자리한 벤치로 간다. 벤치 위에는 그늘막이 있어서 눈이 내리더라도 한동안 버틸 수 있을 것이다. 수영은 벤치 위에 좌식 간이 의자를 펼치고, 핫팩들을 꺼내고, 망설이다 랜턴을 꺼내고, 담요를 꺼내 무릎 위에 올려놓고, 전자책 단말기를 꺼내 전원을 켜고, 대단히 만족스러운 표정으로 커피를 한 모금 마신 뒤, 몸을 떨고, 담배를 꺼내 불을 붙인다. 그는 경비원이나 입주민을 마주치고 싶지

한유주

않다. 한겨울 일요일에 새벽같이 이 단지에서 가장 후미진 곳을 부러 찾아올 사람은 없을 것이다. 수영은 그렇게 믿는다. 수영은 일본의 잃어버린 30년과 중국의 부동산 버블에 대해, 코발트와 희토류에 대해, 민간 우주 관광과 인도 주식 투자에 대해 개괄적으로 서술하는 전자책을 건성으로 넘기고, 손이 시리고, 커피를 한 모금 마시고, 몸을 떤다. 벤치 아래에는 그가 어제 남긴 담배꽁초가 여러 개 있다. 쥐들이 있고, 그들 중 누군가는 멜키세덱이라는 말에 대해 멜키오르라고 대답할지도 모른다. 날이 밝아오고, 조심성 없는 쥐들 중 하나가 수챗구멍 근처에서 꼬리 없이 발견될지도 모른다. 하지만 곧 눈이 내릴 것이고, 눈은 누구에게나, 녹기 전까지, 가림막이 되어줄 수 있을 것이다. "지금 들어가요." 담장 너머에서 누군가 말한다. 수영은 인도의 카스트제도를 간략히 설명하는 단락을 읽는 중이기에 그 말을 듣지 않는다. 그래서 이어지는 말도 수영의 귀에 닿지 않는다. "아니, 이 시간까지 문을 여는 클럽이 어디 있다고 그래?" 이른 산책을 나왔다가 역시 이른 산책을 나온 다른 개와 마주친 개가 컹컹

짖고, 개를 산책시키는 사람들이 서로 어색한 미소를
교환한다. 수영이 앉은 벤치 위에 놓인 랜턴 불빛이
희미해진다. 아니다. 해가 뜨고 있기 때문이다.
어둠이 빠르게 사위어가고, 그러나 구름이 몰려오고,
어느 쥐는 전지적 쥐 시점을 가지려고 노력하고,
누군가는 죽었기에 신이 된다. 누군가가 첫 담배를
피우려고 21층에서 엘리베이터를 기다리고, 어느
바리스타는 그날의 세번째 아이스아메리카노를
만들며 이런 계절에도 아이스아메리카노만 팔리다니
대단하다고, 정말 그렇다고 생각한다. 오전 7시
17분, 인공위성이 내보이는 불빛이 햇빛에 가려지기
시작하고, 돌아가야 할 사람들은 모두 돌아갔을까?
외줄타기를 하는 이들은 여전히 외줄 위에 있을까?
아슬아슬하게, 어스름하게. 어느 개가 명랑하게 웃고,
누군가는 그거면 되었다고, 개가 웃으니 아직까지는
괜찮다고 생각할 수도 있다. 이번 일요일 역시 여느
일요일들과 다르지 않고, 오전반 수영을 등록한
사람들이 주머니 안에서 로커 키를 더듬어 찾으며
스포츠센터 지하 2층으로 내려간다. 슈퍼마켓들이
간판 불을 켜고, 아직 아무 일도 일어나지 않았거나,

누군가들에게는 모든 일들이 일어난 뒤다. 경찰차
뒷좌석에서 젬마가 중얼거린다. "어름사니,
어름사니……" 조수석에 앉은 순경이 네이버 앱을
켜고 어름사니라는 단어의 뜻을 찾아본다. 처음에는
어려움이 따른다. 어른사니, 어른산이, 얼음산이……
누군가가 얼어가고, 누군가가 비틀거린다. 아직
대부분의 사람들이 살아 있다니, 놀라운 일이다.
우리가 어떤 기대와 희망……을 여전히 유지하고
있다니, 놀라운 일이다. 우리가 여전히 놀라워하다니,
놀라운 일이다. 놀라운 일이 아닐 수 없다.

오전 7시 30분. 8시 예배를 보러 가는 사람들이
말린 홍고추 한 포대를 팔러 나온 사람을 지나친다.
홍고추 상인의 이름을 혜정이라고 하자. 그래도
될까? 이렇게 임의로 불러도 될까? 혜정……은
대답하지 않는다. 멜키세덱이 공용 정원을 꾸민 석재
틈바구니에서 따뜻한 식사와 손길을 상상하며 말린
고추가 담긴 혜정의 마대를 바라본다. 민재는 집에
들어갔을까? 그의 가족들은 깨어 있을까? 그리고
영은은……? 영은이 내심 기다리던 마중객은……?

바지런한 경비원이 아파트 안뜰을 쓸고, 넘칠 정도로
쓰레기를 실은 미화 차량이 지나간다. 혜정은 너무
빨리 나왔다며 잠시 자책하지만, 그래도 괜찮다,
교회에 가던 신자 하나가 1킬로그램을 사겠다며
현금으로 선금을 치른다. 혜정은 그의 예배가 끝날
때까지 꼼짝하지 않고 기다릴 것이다. 반드시
그래야만 하는 건 아니지만 그래도 그럴 것이다.
혜정은 언젠가, 약 25년 전에 일하던 카페에서
한국어를 능숙히 구사하는 스웨덴인과 대화한
적이 있었는데, "그렇게 됐어요"라는 말의 의미를
전달하지 못해 애를 먹었고, 그 기억이 혜정에게
지금 문득, 떠올랐고, 혜정보다 스무 살쯤 나이가
많았던 그 스웨덴인은 죽었을까? 여태 살아 있을까?
내년이면 환갑이 되는 혜정이 요새 가장 많이 던지는
질문은 이것이다: 그때 그이가 여태 살아 있을까?
나는 어떻게 살고 있는 것일까? 그렇게 되었다.
그렇게 된 것이다. 죽은 사람들이 죽어 있고, 산
사람이 살아 있는 시각. 오전 7시 40분. 날이 완전히
밝아졌다. 쥐들이 바삐 움직이고, 구름이 서서히
몰려든다. 택시들이 차고지로 돌아가고, 전철이

한유주

당산철교를 지날 때마다 큰 소리가 나고, 알 수 없는
이유로 대형 마트 옥상에 둥지를 튼 까마귀들이
편대로 비행을 시작하고, 사람들은 걸어서, 혹은 차를
타고, 혹은 자전거나 킥보드를 타고 한강을 건넌다.
이 풍경이 언제까지 지속될까? 혹은, 언제까지
지속될 수 있을까? 몽유병자들이 집으로 돌아가고,
교대 근무자들이 출근한다. 한강이 구름 사이로
비치는 햇빛을 반사하고, 얼지 않았고, 전자 기기들이
작동을 멈출 정도로 춥지는 않다. 아직까지는. 혜정의
홍고추가 이른 아침의 햇빛을 받아 반짝이고, 그것은
잠시 아름다운데, 그것이 아름답다니, 누군가에게는
놀라운 일이다. 혜정이 털모자를 단단히 눌러쓰고,
편의점 점원이 기지개를 켜고, 당산철교 밑
교차로에 멈춰 선 택시 한 대에서 노래 한 곡이
흘러나오지만, 듣고 있는 사람은 아무도 없다. "녹색
불이 켜졌습니다." 신호등이 말하고, 전단지가
오가고, 이탈리안햄이 든 샌드위치를 포장해 전철을
타려는 사람 앞에 불쑥 물티슈가 건네진다. "때가
올 겁니다." 그럴지도 모른다. 우리는 그저 온순한
취객들이 집으로 안전히 돌아갔기를, 경찰들이 잠시

작별하는 각별한 사람들

휴식을 취하기를, 영은이 기다리던 사람이 영은을
기다리고 있기를, 혜정이 홍고추를 모두 팔 수
있기를, 아침부터 필라테스 학원 전단지를 나눠 주는
이가 신속히 업무를 마칠 수 있기를, 눈이 오기를,
누군가를 덮어주기를, 아무도 해치지 않기를 바랄
뿐이다. 여전히 폭식 광대의 악몽에서 헤어나지 못한
젬마가 조그맣게 속삭인다. "어름사니, 어름사니."
경찰이 젬마를 바라본다.

한유주

안미린

2012년『세계의 문학』신인상을 통해 작품 활동을 시작했다. 시집『빛이 아닌 결론을 찢는』『눈부신 디테일의 유령론』등이 있다.

첫눈의 미래

⁂

하얀 케이크를 숨겨두고
모든 생일을 기다렸다

어둠 속에서 불을 켜지 않았다

⁂

촛불을 켜지 않은 밤이
생일 전에 찾아온 미래인 것 같아서

생일 초를 남기는 지난 생일들

텅 빈 케이크 상자에 잠가둔 어둠이
가볍고 따듯했다

❄

부러진 케이크 칼을
여린 광물처럼 나누어 갖는 밤

우주 마지막 장르처럼

기억될 수도 기록될 수도 없는
첫 생일이 발설되었다

어둠에 매설된 작고 우주적인 빛

안미린

녹슨 우주선의 먼 빛처럼
남겨진 생일 초에 불을 붙일 때

생일이 아니었던 밤에 생일을 축하하는
서툰 입김들……

❄

하얀 케이크에 첫눈이 쌓이고 있었다

첫눈의 미래

❄

모든 생일을 기다리면서 케이크를 숨겨두는
첫눈의 미래

케이크의 눈을 털면
희고 차가운 기쁨이었다

❄

너의 부드러운 어둠은
틀린 생일에 모든 생일을 축하받는 옅은 미래감

안미린

이제니

2008년『경향신문』신춘문예를 통해 작품 활동을
시작했다. 시집『아마도 아프리카』『왜냐하면 우리는
우리를 모르고』『그리하여 흘려 쓴 것들』『있지도 않은
문장은 아름답고』가 있다. 편운문학상, 김현문학패,
현대문학상을 수상했다.

맑은 물은 맑은 물을 만진다

눈을 감는다. 들숨 한 번 날숨 한 번. 호흡에
집중한다. 감은 눈 속 검은 망막 위에 붉은 돌 하나가
떠오른다. 붉은 돌은 붉은 얼굴 붉은 얼룩 붉은
거리 붉은 노을을 데려온다. 붉은 능선 너머로부터
붉게 타오르는 것. 스미고 번지는 것들이 너의
눈동자를 붉게 물들인다. 너의 눈동자가 붉어지자
붉어진 눈시울의 사람이 너의 마음속에서 걸어
나온다. 붉은 눈시울의 사람은 너의 눈동자를 통해
자신의 눈동자를 바라본다. 되비친다는 것은 이런
것이군요. 아프도록 반복해서 되받는 것이군요.
머나먼 지평이 태양의 고도를 따라 시시각각
환해지듯이. 오래 어두웠던 낯빛이 순간의 순간
속에서 문득 해맑아지듯이. 밖으로 향하는 시선이
아닌. 안으로부터 시작되는. 그 모든 빛의 방향성을
헤아려 따르듯이. 너는 붉은 조각 하나를 찾아

헤매고 있다고 했다. 누군가는 그것을 있지도 않은
마음이라고 하더군요. 오래도록 이어지고 있는 내면
아이의 울음이라고도. 혹은 영원히 채워지지 않는
붉은 돌 붉은 실 붉은 길 붉은 구름 붉은 이름 붉은
시간……을 건너서야 닿을 수 있는 맑은 물의 맑은
말이라고도…… 그 모든 말이 가리고 있던 몇 겹의
시간 혹은 몇 겹의 존재의…… 영원회귀의 궤적
속에서 건져 올려야만 하는 최초의 기억이라고도……

　　그러니 오늘 다시
　　당신의 붉은 눈동자에 비친 나의 마음이
　　　어둡게 물든 나의 말을 새롭게 들어 올리고
있군요.

　　붉은 마음의 사람은 다시 눈을 감았다.

　　　　　　　　　　　　　　　이제니

눈을 감아도 환히 보이는 것들을 바라보는
얼굴로.

사이

붉은 돌 무너짐 붉은 물 흘러감 붉은 유리구슬
굴러감

사이

줄줄이 이어지는
　과거와 현재와 미래의 너와 내가 겹치며 번지는
그 모든 표정과 목소리 들이
　산산이 부서지며 흩어지는 옛날의 조각들로
되살아나고 있어……

맑은 물은 맑은 물을 만진다

들숨 한 번 날숨 한 번
들숨 한 번 날숨 한 번

감았던 눈을 뜬다. 검은 망막에 맺힌 붉은 돌
옆에 또 하나의 붉은 돌이 다가온다. 마주 보는 두
개의 거울을 들여다보듯이. 너는 이중의 거울 속에서
끝없이 되비치는 현묘한 형상이 반복되며 사라지듯
다시 맺히고 있는…… 그 소실점 너머의 검고 흰 점
혹은 희고 붉은 점의 사라짐을 끝없이 바라본다.

너는 마음의 평온을 위해 이 세계를 가시적으로
드러내 보여주는 작은 모형이 필요했다. 오래도록
잠들어 있는 사람을 깨우듯 너는 붉은 유리구슬을
흔든다. 유리구슬 속 사막을 형상화한 잿빛 언덕 위로

이제니

모래 폭풍과도 같은 은빛 가루가 출렁인다. 네가
흔들어 깨우기 전에는 아득히 잠들어 있던 붉은 돌의
시간이 비로소 깨어난다.

다시 깨어난 시간이 붉은 눈동자를 바라보고
있는 사람을 바라보고 있는 너의 순간의 순간을
한없이 일깨우고 있어서. 타오르는 노을 속 스미는
붉음의 짙은 그리움의 푸른 이끼 어제의 죽은 얼굴의
드넓은 들판의 내일의 내가 전생의 예언가였던
오늘의 명상가와 나란히 겹치는 오래전 꿈속의
그림자 속에서……

너는 네 마음을 닦듯이 보이지 않는 거울을
닦는다. 끝 모를 반영만이 있을 뿐인 무한 변주되는
허상 속에서. 너는 네가 찾아 헤매던 붉은 조각을

영원히 찾지 못하리라는 사실을 비로소 깨닫는다.
찾아야 할 조각 같은 것은 애초에 없었으므로.
무언가가 결핍되었다고 말하는 내부의 외부의 오래
학습된 목소리만이 있을 뿐이라는 사실을. 붉은
물결도 붉은 껍질도 붉은 소리도 붉은 도형도 붉은
의지도 붉은 감정도 네가 가진 삶의 방식 그대로를
반영한 채로 살아 있고 살아왔고 살아나가고
있었음을. 그러나. 순간순간 있는 그대로의 자신을
디뎌야 한다는 것을. 그렇게 순간순간 자기 자신을
잊어야 한다는 것을. 너는 이중의 거울 속으로
사라졌다가 나타났다가 이윽고 다시 사라졌다. 너는
어둑해지는 말들 속에서 반복해서 사라지고 나타나는
네 자신의 현존을 비로소 깨닫는다. 그 모든 사물이
스스로 모습을 드러낼 때까지. 다만 망각이. 다만
헛된 믿음이. 되비추는 물로 흘러갔다 흘러오길

이제니

반복하는 물결 속에서. 붉은 돌은 있는 채로 없고
없는 채로 있어서……

　　붉은 돌은 붉은 돌을 비춘다.

　　검은 달은 검은 달을 가린다.

　　맑은 말은 맑은 말을 만진다.

*

　　다만 그러하고 그러했고 그럴 뿐이다.

*

　너를 이루고 있는 그 모든 말들을 지울 때 너는
누구인가.

　영겁회귀의 시공간 속 무한히 확장되며 나아가고
있는 너는 무엇인가.

*

　오늘 아침 잠에서 깨어난 너는
　맑은 말로 새롭게 쓴 이 모든 문장을
　오래전에 이미 썼었다는 사실을 다시금
깨닫는다.

　　　　　　　　　　　　　　　이제니

이 책은 국립현대미술관 다원예술 2023 〈전자적
숲; 소진된 인간〉의 일부로 기획되었습니다. 우리는
하나의 관점이나 형식만으로는 설명할 수 없는
복잡한 사회에서 살고 있습니다. 그렇기에 다층적인
사유가 요구됩니다. 다원예술은 전통적인 미술
전시를 넘어 다양한 매체의 넘나듦을 시도하고,
새로운 시각을 고민하는 동시대 예술입니다.

〈전자적 숲; 소진된 인간〉은 현대인들이 피곤한
일상에서 평정을 얻기 위해 노력하는 여러 시도에
관심을 가졌습니다. 제목의 '전자적 숲'은 평온함을
위한 현대인의 많은 노력이 전자 매체와 온라인
플랫폼 등에 기반할 수밖에 없다는 점을 말하며,
'소진된 인간'은 사회라는 큰 구조 안에서 개인의
가능성과 잠재성이 과연 가능한지를 질문하기 위해

들뢰즈의 에세이 「소진된 인간」에서 가져왔습니다.

여러분이 편안함에 이르기 위해 어떤 노력을
하는지, 그 노력은 괜찮은 시도였는지를 미술관
SNS에 질문하면서 올해 다원예술을 시작했습니다.
그리고 매월 동시대 예술가 및 전문가와 함께
이에 관해 대화하고 탐구했습니다. 이 책 역시
이러한 고민에 대한 문학적인 답변으로, 13명의
작가가 시대에 대한 통찰과 상상력을 통해 각자의
이야기를 전하고자 합니다. 올해 다원예술에
흥미로운 방식으로 참여해주신 시인, 소설가 그리고
문학과지성사에 국립현대미술관을 대표하여 감사의
인사를 전합니다. 미술관과 출판사의 협업이 익숙한
예술에서 벗어나 다른 감각으로 예술과 사회를
바라볼 수 있는 또 다른 기회가 되길 기대합니다.

성용희(국립현대미술관 학예연구사)